古典三分鐘

【古文觀止】

吳洋 編著

古典三分鐘——古文觀止

編　　著：吳　洋
責任編輯：楊克惠
封面設計：張　毅
出　　版：商務印書館（香港）有限公司
香港筲箕灣耀興道 3 號東滙廣場 8 樓
http://www.commercialpress.com.hk
發　　行：香港聯合書刊物流有限公司
香港新界大埔汀麗路 36 號中華商務印刷大廈 3 字樓
印　　刷：美雅印刷製本有限公司
九龍官塘榮業街 6 號海濱工業大廈 4 樓 A
版　　次：2016 年 6 月第 1 版第 5 次印刷

ISBN 978 962 07 4498 3
Printed in Hong Kong

本書中文繁體字版由中華書局（北京）授權出版

導言

《古文觀止》是清人吳楚材、吳調侯所編選的一本膾炙人口的古文選本。書名「觀止」，語出《左傳・襄公二十九年》，吳公子季札聘魯，遍觀周樂之後說：「雖甚盛德，其蔑以加於此矣，觀止矣。若有他樂，吾不敢請已。」意謂最好的樂曲已經看到，其他的無須再看，所觀止於此了。「古文觀止」化用其說，以為古文精粹均在於此，無須他求了。編者之自信於書名中已顯露無遺。

《古文觀止》的兩位編者生平不詳。書前有吳興祚序言一篇，稱吳楚材為從子、吳調侯為從孫。據《欽定盛京通志》卷七十八記載，吳興祚是遼寧清河人，漢軍正紅旗，康熙二年（1663）任無錫縣令，康熙十五年（1676）任福建按察使，擒土賊朱統錩，康熙十七年（1678）任福建巡撫加兵部尚書，擊破海賊劉國軒，康熙二十年（1681）任兩廣總督，康熙三十六年（1697）從征噶爾丹，卒於軍。吳楚材曾經隨吳興祚入閩，並協助教導其子。康熙三十四年（1695），吳興祚收到吳楚材、吳調侯二人所編《古文觀止》，並為其作序。

《古文觀止》十二卷，共收文二百二十二篇，基本按時間順序排列，上取《左傳》《國語》《戰國策》，最晚收至明代張溥的《五人墓碑記》。《古文觀止》所收文章以散文為主，其中收錄最多的是《左傳》，共收三十四篇，其次是韓愈二十四篇，再次是蘇軾十七篇。兩位編者顯然非常推崇唐宋古文八大家，共收錄了他們的文章七十八篇，佔全書的三分之一。《古文觀止》亦收錄了少量的駢文作品，主要集中在卷七「六朝唐文」的部分。

吳楚材、吳調侯二人眼界開闊、眼光高超，所選均為傳世佳作，這些文章不僅文辭優美，文法謹嚴，而且能夠展現當時的傑出思想，取一編在手，納千載於心，「觀止」之名確非虛設。二人又在每篇文章中加以簡單註釋，並有評語，對於疏通、理會文意大有裨益，難怪吳興祚在序言中說：「閱其選，簡而該，評註詳而不繁，其審音辨字，無不精切而確當。……以此正蒙養而裨後學，厥功豈淺鮮哉？」

正是因為《古文觀止》有這樣的特點，不僅適合學童啟蒙，亦有利於一般人翻檢欣賞，因此書成之後廣泛流行，歷來各種印本眾多。本次編寫《古文觀止》「精粹解讀」，選取的是最通行的版本，也就是中華書局 1959 年 9 月版的《古文觀止》，這一版本是據映雪堂本斷句並改正明顯誤字後重排的本子。同時還參考了中華書局 1993 年 2 月版的《名家精譯〈古文觀止〉》，這部譯本的作者全部都是當代一流的學者，其中有曾經指導過我的老師，書前有中華書局編輯部的一篇序言，備敘古文今譯之難，並提出「意譯」與「直譯」相結合的翻譯原則。我在參考此書時，深切感到前輩學者深厚的功力與嚴謹的學術態度，在翻譯過程中更體會到序言中所強調的翻譯困境，但願我的這本「解讀」能夠不辱使命，並借此向這些前輩學者致以最高的敬意。

這本《古文觀止》「精粹解讀」共選取了歷代文章三十篇，各篇又選取相關文章作為擴展閱讀，每篇均加註解與翻譯，翻譯以「意譯」與「直譯」相結合，最後再附加一篇簡短的點評，希望能夠對讀者有所啟發。此外，由於本書所選文章都以《古文觀止》為底本（「經典延伸讀」除外），而《古文觀止》的選文常有個別字句與原始文本不同，這是需要讀者留心的。

《古文觀止》所選文章都是極佳的古文範本，通過這些文章，我們可以體會到古文語言的精練與優美，古人觀察世界的細緻與用心，以及對於美、對於高尚的情操、對於真性情的體認與追求。而這些，是註釋、翻譯和點評所不能完全傳達出來的。這本「解讀」只能算是一個橋樑，通過它使讀者與古人建立聯繫，最終的溝通永遠都是讀者與作者之間完成的。如果讀者能在繁忙的生活之中，覓得一點神遊物外的暢快，那麼我們的目的也就達到了。我一直以為一篇文章的精華在於情感，有真性情，方有真文字，有真性情，方能讀懂真文字。要想創作出能夠與古人媲美的新文章，不在於模仿古人的修辭，而在於像古人那樣有保持自我獨立的餘裕與勇氣。而沉下心來咀嚼一段文字，或許是邁出的第一步。希望這本「解讀」能夠給讀者提供一個安靜的房間，如果這房間不夠理想，那麼是我要向讀者道歉的，畢竟才疏學淺，然而「奇文共欣賞，疑義相與析」，這是我的心願。

吳洋

目錄

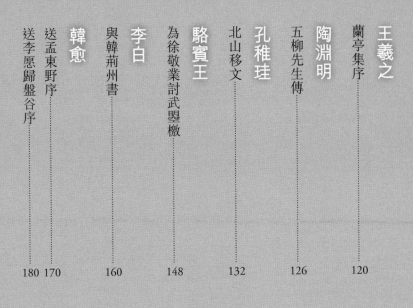

《左傳》

《左傳》，即《春秋左氏傳》，舊説認為魯國太史左丘明為孔子的《春秋》作《左傳》。現代學者多懷疑此説，並考證《左傳》實際成書於戰國初期。《左傳》記事，始於魯隱公元年（前722），終於魯哀公二十七年（前468），並附記戰國時韓、趙、魏三家滅知氏之事。相比於《春秋》簡明扼要、提綱挈領式的記載，《左傳》的敘事更為完整全面，保留了大量的歷史事實與傳説，對各國的政治、外交與軍事等活動所敘尤詳。同時，《左傳》還注重細節描寫，所敘人物性格突出，對於後世的史傳散文以及小説的創作都有着巨大的影響。《古文觀止》選文以《左傳》為始，標明古文淵源所自，可謂深愜人心。

鄭伯克段于鄢

隱公元年①

初，鄭武公娶于申，曰武姜，生莊公及共叔段②。莊公寤生③，驚姜氏，故名曰寤生，遂惡之。愛共叔段，欲立之，亟請于武公④。公弗許。

及莊公即位，為之請制。公曰：「制，巖邑也，虢叔死焉。他邑唯命⑤。」請京，使居之，謂之京城大叔⑥。祭仲曰：「都，城過百雉，國之害也。先王之制：大都不過參國之一，中五之一，小九之一。今京不度，非制也。君將不堪⑦。」公曰：「姜氏欲之，焉辟害⑧？」對曰：「姜氏何厭之有？不如早為之所，無使滋蔓，蔓難圖也。蔓草猶不可除，況君之寵弟乎？」公曰：「多行不義必自斃。子姑待之。」

既而大叔命西鄙、北鄙貳于己⑨。公子呂曰⑩：「國不堪貳，君將若之何？欲與大叔，臣請事之；若弗與，則請除之。無生民心。」公曰：「無庸⑪，將自及。」大叔又收貳以為己邑，至于廩延⑫。子封曰：「可矣。厚將得眾⑬。」公曰：「不義不暱，厚將崩⑭。」

大叔完聚，繕甲兵，具卒乘，將襲鄭⑮，夫人將啟之⑯。公聞其期，曰：「可矣！」命子封帥車二百乘以伐京⑰。京叛大叔段，段入于鄢。公伐諸鄢。五月辛丑，大叔出奔共。

書曰⑱：「鄭伯克段于鄢。」段不弟，故不言「弟」。如二君，故曰「克」。稱「鄭伯」，譏失教也，謂之鄭志。不言「出奔」，難之也。

遂寘姜氏于城潁⑲，而誓之曰：「不及黃泉，無相見也⑳！」既而悔之。潁考叔為潁谷封人㉑，聞之，有獻于公。公賜之食。食舍肉。公問之，對曰：「小人有母，皆嘗小人之食矣，未嘗君之羹，請以遺之。」公曰：「爾有母遺，繄我獨無㉒！」潁考叔曰：「敢問何謂也？」公語之故，且告之悔。對曰：「君何患焉？若闕地及泉㉓，隧而相見，其誰曰不然？」公從之。公入而賦：「大隧之中，其樂也融融。」姜出而賦：「大隧之外，其樂也洩洩㉔。」遂為母子如初。

君子曰：「潁考叔，純孝也。愛其母，施及莊公㉕。《詩》曰：『孝子不匱，永錫爾類㉖。』其是之謂乎！」

【說文解字】

① 隱公元年：《春秋》記事以魯國君主在位先後為次，《左傳》因之，魯隱公元年，即公元前722年。

② 初：當初，追敘往事之詞。 鄭武公：名掘突，謚武。 申：國名，地在今河南南陽附近。 武姜：姓姜，隨鄭武公謚號稱武姜。 共（粵gung1 普gōng）叔段：共為國名，後為衛地，地在今河南輝縣附近，叔為

排行，段為名，因段為鄭莊公之弟並出奔於共，故稱為共叔段。

③ 寤（粵ng^{6} 普wù）生：難產。

④ 亟（粵kei^{3} 普qì）：屢次。

⑤ 制：又名虎牢，本屬東虢，後為鄭所有，地在今河南滎陽西北汜水鎮西。　巖邑：險要的城邑。　虢（粵gwik^{1} 普guó）叔：東虢國的君主。

⑥ 京：地在今河南滎陽東南。　大（粵taai^{3} 普tài）叔：即太叔，意謂鄭莊公之長弟。

⑦ 祭（粵zaai^{3} 普zhài）仲：鄭國大夫。　都：城邑。　城：城牆。　雉：量詞，長三丈、高一丈謂之雉。　參國之一：參同「三」，國指國都，國都城牆周長的三分之一。　不度：不合法度。　非制：非先王之制。

⑧ 焉：何處。　辟：同「避」。

⑨ 鄙：邊境。　貳于己：既聽命於鄭莊公，又聽命於自己。

⑩ 公子呂：鄭國大夫，字子封。

⑪ 無庸：不用、用不着。

⑫ 貳：指前文既聽命於莊公又聽命於共叔段的西部和北部邊邑。　廩延：地在今河南延津縣東北。

⑬ 厚：土地擴大，勢力擴張。

⑭ 暱：黏連，指團結眾人。　崩：瓦解、崩潰。

⑮ 完：加固城牆。　聚：積聚糧草。　繕：修理、完備。　甲：盔甲、鎧甲。　兵：武器。　具：準備。　卒：步兵。　乘：兵車以及兵車上的戰士。

⑯ 啟：打開城門。

⑰ 乘（粵sing^{6} 普shèng）：量詞，一輛車即一乘。

⑱ 書曰：指《春秋》經文。本段即具體解釋《春秋》經文的措辭中所蘊含的微言大義。

⑲ 寘（粵zi^{3} 普zhì）：同「置」，此處有放逐的意思。　城潁：地在今河南臨潁縣西北。

⑳ 黃泉：地下的泉水，喻指墓穴。此二句發誓今生再不相見。

㉑ 潁考叔：鄭國大夫。　潁谷：地在河南登封

市西南。封人：典守邊疆的地方長官。

㉒ 遺（粵wai6 普wèi）：給、贈。繄（粵ji1 普yī）：語氣詞。

㉓ 闕：挖掘。

㉔ 洩洩（粵jai6 jai6 普yì yì）：舒散貌。

㉕ 施：延及。

㉖ 孝子不匱，永錫爾類：見於《詩經・大雅・既醉》。匱，竭盡。錫，賜予。二句詩謂：孝子之孝沒有窮盡，永遠賜予孝子之同類。

【白話輕鬆讀】

當初，鄭武公迎娶了申國的女子武姜為妻，生下鄭莊公和共叔段。鄭莊公出生時難產，武姜受到驚嚇，鄭莊公因此被取名為「寤生」，武姜很不喜歡他。武姜喜愛自己的小兒子共叔段，很想將其立為太子，屢次向鄭武公請求，而鄭武公沒有同意。

等到鄭莊公即位後，武姜又為段索要制地以為采邑，鄭莊公說：「制的地勢險要，虢叔就是死在那裏。其他的地方則任由您挑。」武姜請求京地，鄭莊公同意，讓段住在京，段被稱為「京城太叔」。祭仲說：「國中的城市，一面城牆超過三百丈長的，將成為國家的禍患。先王的制度是：最大的城市不能超過國都的三分之一，中等的城市不能超過五分之一，小城不能超過九分之一。現在京邑不合規格，違反了先王的制度，您以後會無法控制它的。」鄭莊公說：「武姜想這樣，我哪裏能避開這種禍患呢？」祭仲回答說：「武姜是不會滿足的，不如早點處置，不要讓他蔓延滋長，一旦蔓延，將難以對付。蔓延的野草尚不易去除，更何況您被寵愛的弟弟呢？」鄭莊公說：「多做不義之事一定會自己摔倒，您姑且等着吧。」

不久，太叔命令西方邊境與北方邊境地區陰附於己，公子呂說：「國家不能忍受從屬二主的情況，您將怎麼辦呢？如果您想將國家讓給太叔，臣請去侍奉他；如果您並非要讓國，那麼請您除掉太叔，不要讓人有二心。」鄭莊公說：「用不着這樣，他將自己遇到禍害的。」太叔又把陰附於己的地區併入自己的采邑，其勢力範圍擴展到了廩延。公子呂說：「可以了，地廣勢大將會得到眾人的支持的。」鄭莊公說：「所行不義，不能團結眾人，勢力擴大就會土崩瓦解的。」

太叔加固城牆，聚集糧草，修繕甲衣和兵器，準備好戰車和士兵，將要偷襲鄭莊公，武姜準備開啟城門，引之入城。鄭莊公聽說他舉兵的日期，說：「可以了！」莊公命令公子呂率領二百乘戰車討伐京邑。京邑反叛了太叔段。段逃入鄢邑。鄭莊公又討伐鄢邑。五月二十三日，太叔逃到共國。

《春秋》寫道：「鄭伯克段于鄢。」段不像弟弟，因此《春秋》中不說「弟」。鄭莊公與段如同兩位國君，因此《春秋》說「克」。《春秋》稱「鄭伯」，譏刺鄭莊公沒有承擔起教導弟弟的責任，表現了鄭莊公的真正意圖。《春秋》不說「出奔」，表示難於對此事下筆。

於是鄭莊公將武姜放逐到城潁，並發誓說：「不到黃泉，不再相見。」不久，鄭莊公就後悔了。潁考叔正作潁谷的長官，聽說此事，便向鄭莊公奉送禮物。鄭莊公賞賜他吃的。吃飯時潁考叔將肉都放在一邊，鄭莊公問他為甚麼，潁考叔回答說：「小人有母親，一直都是吃我給她提供的食物，但是她從來沒有嚐過您給的肉羹，我希望能將這些帶回去給母親品嚐。」鄭莊公說：「你有母親能夠奉養，咳，我偏沒有。」潁考叔說：「敢問這是甚麼意思呢？」鄭莊公將事情之緣故告訴潁考叔，並表達了自己的悔意。潁考叔回答說：「您有甚麼好憂愁的呢？如果掘地見水，通過隧道相見，誰會說這樣不對呢？」鄭莊公聽從了潁考叔的建議。他進入隧道，賦詩說：「隧道之中，歡樂啊，其樂融融。」武姜走出隧道後，賦詩說：「隧道之外，歡樂啊，其樂舒懷。」從此作為母親和兒子像往常一樣融洽。

君子說：「潁考叔的孝是最篤厚的孝，愛自己的母親，同時影響鄭莊公也愛他的母親。《詩》中說：『孝子之孝沒有窮盡，永遠賜予孝子之同類。』說的就是潁考叔吧。」

經典延伸讀

將仲子兮①，無踰我里②，無折我樹杞。豈敢愛之，畏我父母。仲可懷也，父母之言，亦可畏也。

將仲子兮，無踰我牆，無折我樹桑。豈敢愛之，畏我諸兄。仲可懷也，諸兄之言，亦可畏也。

將仲子兮，無踰我園，無折我樹檀。豈敢愛之，畏人之多言。仲可懷也，人之多言，亦可畏也。

（《詩經・鄭風・將仲子》）

【説文解字】

① 將（粵 coeng1 普 qiāng）：請。

② 踰（粵 jyu4 普 yú）：越過。

【白話輕鬆讀】

請求仲子啊，不要越過我的住地啊，不要折斷了我的杞樹枝。我並非是愛惜那棵樹，而是害怕我的父母。仲子你值得我思憶，父母的話，我也要顧忌啊。

請求仲子啊，不要翻過我的院牆啊，不要折斷了我的桑樹枝。我並非是愛惜那棵樹，而是害怕我的兄弟。仲子你值得我思憶，兄弟的話，我也要顧忌啊。

請求仲子啊，不要跨過我的後園啊，不要折斷了我園中的檀樹枝。我並非是愛惜那棵樹，而是害怕別人的閒話。仲子你值得我思憶，別人的閒話，我也要顧忌啊。

多思考一點

《春秋・隱公元年》記載：「夏五月鄭伯克段于鄢。」這是鄭國歷史上的大事，鄭莊公奠定了自己的統治地位，春秋「禮崩樂壞」的歷史亦以此為一標誌而展開。然而《春秋》敘此事，區區九個字而已，若沒有《左傳》這段數百字的詳細記錄，《公羊》、《穀梁》二傳斷斷爭辯之九字書法，得無畫餅之譏乎？舊說《左傳》非《春秋》之傳，恐怕只是經學家的門戶之見，並非實情。漢人桓譚說：「左氏《經》之與《傳》，猶衣之表裏，相持而成。《經》而無《傳》，使聖人閉門思之，十年不能知也。」這話說的不錯。《左傳》的這段敘事，始末俱存，層次清晰，要言不繁，極具章法。寫武姜，是為了鋪墊叔段漸大與鄭莊公採用非常舉措之原因；寫祭仲和公子呂的勸諫，是為了凸顯叔段危害之深廣，以反襯鄭莊公之隱忍深謀；寫鄭莊公三次拒諫，是為了烘托其一舉克敵的堅決，以見其戒心久駐、手段老辣；寫潁考叔，暗續之前鄭莊公隱忍不發時對母子之情的顧慮，既予莊公以同情，又宣揚孝為人倫大旨，可以超越政治利害。整個經過，不僅情節豐富，人物的性格亦通過多層次的刻畫顯得鮮明生動，《左傳》敘事水準之高超可見一斑。

史事來龍去脈既明，則「鄭伯克段于鄢」的書法方有着落。稱「段」不稱「弟」，是因為叔段謀反不配作弟弟；稱「克」，是因為當時叔段的地位已經如同君主；叔段出奔而不言出奔，是因為言出奔則僅歸罪於叔段，但是鄭莊公於此事亦有相當大的責任，為了避免歸罪於一人，因此不言出奔；稱「鄭伯」，是譏刺鄭莊公沒有教導好叔段以養成其惡，並表明鄭莊公的真正意圖就是要最終殺掉叔段，整個事件實際上是鄭莊公一手策劃的，按照《穀梁傳》的說法就是「處心積慮成於殺也」。六個字包含了如此深刻的內涵與是非判斷，春秋筆法、誅心之論正於此處彰顯。

歷來解經論文者皆以春秋筆法為準的，對於鄭莊公之險惡用心無不口誅筆伐。《古文觀止》所附評註也說：「鄭莊志欲殺弟……是以兵機施於骨肉，真殘忍之尤。」然而觀《左傳》所敘始末，鄭莊公所為皆事出有因，最後終復母子天倫之樂，亦見其之前顧及武姜之意為出自真心，倘真如論者所說，於事萌而未發時施以教導，則武姜、叔段未必肯聽，莊公恐又被猜忌之惡名矣。

鄭莊公打敗叔段之後，憑藉周王卿士的地位與靈活的外交手段，成為當時中原的實際霸主，近世史家稱之為「鄭莊小霸」。繻葛之戰，鄭莊公擊敗周桓王所率領的諸侯聯軍，從此周天子勢力一落千丈。鄭莊公身當春秋政局大變革之際，論者角度不同，評價自然大異。從儒家傳統的觀念看，鄭莊公又豈止是不顧兄弟之情，連君臣大義都拋諸腦後，可謂春秋亂臣之首。但是如果我們擺脫經學的藩籬，帶着理解之同情去看歷史，鄭莊公則仍不失為一位具有高超眼光和手段的政治家。《左傳・隱公十一年》「鄭伯使許大夫百里奉許叔以居許東偏」，「君子」謂鄭莊公「於是乎有禮……相時而動，無累後人，可謂知禮矣」。可見，《左傳》作者尚有持平之論，後世論者一味以殘忍毒辣視之，難免有失公允。誅心之論，最是殺人利器，我輩自當慎用；恕己量人，皆為照心之鏡，切莫苛責古人。鄭莊公在《左傳》中是血肉豐滿的人的形象而非風乾的道德標本，相比於《春秋》大義，《左傳》讀起來會更加親切有味吧。

傳統說法認為《詩經・鄭風・將仲子》就是以此段歷史為背景，《詩序》說：「將仲子，刺莊公也。不勝其母，以害其弟，弟叔失道，而公弗制，祭仲諫而公弗聽，小不忍以致大亂焉。」詩中「仲子」即為祭仲，父母之言即指武姜。解說可謂奇巧。然自南宋鄭樵、朱熹以來，以為男女之情詩者亦所在多有。讀者涵泳本文，詩中真意自見，無須再煩言了。

子魚論戰

僖公二十二年①

楚人伐宋以救鄭②。宋公將戰③，大司馬固諫曰：「天之棄商久矣④，君將興之，弗可赦也已。」弗聽。

及楚人戰于泓⑤。宋人既成列，楚人未既濟⑥。司馬曰：「彼眾我寡，及其未既濟也，請擊之。」公曰：「不可。」既濟而未成列，又以告。公曰：「未可。」既陳而後擊之⑦，宋師敗績⑧。公傷股⑨。門官殲焉⑩。

國人皆咎公。公曰：「君子不重傷⑪，不禽二毛⑫。古之為軍也，不以阻隘也⑬。寡人雖亡國之餘，不鼓不成列。」

子魚曰：「君未知戰。勍敵之人⑭，隘而不列，天贊我也⑮；阻而鼓之，不亦可乎？猶有懼焉。且今之勍者，皆吾敵也。雖及胡耇⑯，獲則取之，何有於二毛？明恥，教戰，求殺敵也。傷未及死，如何勿重？若愛重傷，則如勿傷；愛其二毛，則如服焉。三軍以利用也，金鼓以聲氣也。利而用之，阻隘可也；聲盛致志，鼓儳可也⑰。」

【說文解字】

① 子魚：舊說以為即文中之大司馬固。「子魚論戰」為編選者所加。僖公二十二年：即公元前 638 年。

② 楚人伐宋以救鄭：宋先伐鄭，楚為了解救鄭國而伐宋。

③ 宋公：宋襄公。

④ 商：宋國為殷商的後裔，故稱「商」兼包宋人及其先祖而言。

⑤ 及楚人戰于泓：《左傳》原文作「冬十一月己巳朔，宋公及楚人戰于泓」，這裏編選者有省併。泓，水名，故道在今河南柘城縣西北。

⑥ 既濟：全部渡過。

⑦ 陳（粵 zan^6 普 zhèn）：即「陣」，佈陣。

⑧ 敗績：潰敗。

⑨ 股：大腿。

⑩ 門官殲焉：近衛侍從盡被殲滅。

⑪ 重（粵 cung^4 普 chóng）：再次。

⑫ 禽：同擒。 二毛：有白髮雜於黑髮中者，指上年歲之人。

⑬ 阻隘：阻是阻擊，隘是險要之地，阻隘義為在險要之地實施阻擊。

⑭ 勍（粵 king^4 普 qíng）：強。

⑮ 贊：幫助。

⑯ 胡耇（粵 gau^2 普 gǒu）：高壽，年老之人。

⑰ 儳（粵 caam^4 普 chán）：不整齊。

【白話輕鬆讀】

楚人討伐宋國以救助鄭國。宋襄公準備對戰。大司馬公孫固勸諫說：「老天已經拋棄我們商人很久了，您卻想要復興它，這樣做是得不到老天的寬宥的。」宋襄公不聽。

與楚人在泓水展開戰鬥。宋國的軍隊已經排好陣列，而楚人尚未完全渡過水來。大司馬公孫固說：「敵眾我寡，趁他們沒有完全渡過水來，請趕快攻擊。」宋襄公說：「不可。」楚人渡水成功，但是還沒有排好陣列，大司馬又請求宋襄公發動攻擊。宋襄公依然按兵不動。楚人擺好陣勢，宋襄公這才開始攻擊。結果宋國軍隊大敗，宋襄公大腿受傷，近衛侍從之臣全被殲滅。

宋人全都埋怨宋襄公。宋襄公說：「君子不傷害已經受傷之人，不捉拿黑白髮相間之人。古代作戰，不在險要之地阻擊敵人。寡人雖然是已經亡國的殷商之後，也不會在敵人未排好陣列之前進兵攻擊。」

子魚說：「您不懂作戰。強敵迫於險阻而不成隊列，正是天助我也。此時進兵阻擊，有甚麼不可以的呢？即便如此，還有不能獲勝的擔憂呢。況且現在的這些強者，都是我們的敵人。即使是老人，也要抓回來，更何況那些黑白髮相間的人呢？明確恥辱之不可忍受並教導戰士作戰，目的在於殺死敵人。受傷而沒死，怎麼能不繼續攻擊呢？如果不忍再次傷害，那麼還不如別傷害他；如果不忍捉拿黑白髮相間之人，那麼不如服從投降他算了。指揮軍隊是要趨利避害的，鳴金擊鼓是要助長士氣的。如果這麼做對我有利，那麼在險阻之地阻擊敵人是可以的。如果金鼓大作足以鼓舞士氣，那麼進攻沒有列好陣勢的敵人也是可以的。」

經典延伸讀

古之伐國，不殺黃口①，不獲二毛。於古為義，於今為笑。

（《淮南子・論訓》）

宋公與楚子期以乘車之會②，公子目夷諫曰③：「楚，夷國也，強而無義，請君以兵車之會往。」宋公曰：「不可。吾與之約以乘車之會，自我為之，自我墮之，曰不可。」終以乘車之會往。楚人果伏兵車，執宋公以伐宋。

（《公羊傳・僖公二十一年》）

宋襄公葬其夫人，醯醢百甕④。曾子曰：「既曰明器矣⑤，而又實之。」

（《禮記・檀弓》）

【說文解字】

①黃口：幼兒。

②宋公：宋襄公。楚子：楚成王。乘（粵sing6 普shèng）車：安車，坐着乘的車。古車立乘，此為坐乘，故稱安車。

③公子目夷：即子魚。

④醯（粵hei1 普xī）：醋。醢（粵hoi2 普hǎi）：肉醬。

⑤明器：隨葬器。按照禮制，明器當虛，祭器當實。明器中不應該盛放東西。

【白話輕鬆讀】

古代討伐別的國家，不殺害幼兒，不捉拿黑白髮相間之人。這種做法在古代是義的體現，在今天則成為笑話了。

宋襄公與楚成王相約乘坐安車舉行盟會，公子目夷勸諫宋襄公說：「楚國是夷狄之國，強力而不守信義，請您乘坐兵車去參加盟會。」宋襄公說：「不可。是我向楚人提議舉行安車之會的，我提的意見，我又反悔取消，這是不可以的。」宋襄公最後還是乘坐安車去參加盟會。楚成王果然埋伏了兵車，抓住宋襄公來討伐宋國。

宋襄公為夫人送葬，隨葬了一百罐醋和肉醬。曾子說：「既然說是明器，卻又在裏面盛滿東西。」

多思考一點

泓之戰使宋襄公成為笑柄，然而其負面影響遠不止此。宋襄公的性格、理念以及處事方式被抽象與提煉成愚蠢的代稱，並泛化為宋人整體的特徵，從此「宋人」就成為後人寓言中典型的反面形象——《孟子》裏的宋人揠苗助長，《莊子》裏的宋人到根本不戴帽子的越國去賣帽子，《韓非子》裏的宋人守株待兔，《列子》裏的宋人數齒待富……這些「宋人」的愚蠢舉動着實豐富多彩，但是主要特徵就是孟子所謂的「執中無權，猶執一也」，也就是固執一理、不知變通。毫無疑問，用「執中無權」來總結宋襄公是再貼切不過的了。從《公羊傳》中所敘述的守信被擒，到《禮記》中所批評的實明器，再到泓之戰中以古代戰爭規範應用於現實而導致慘敗，都表明宋襄公「認死理」的性格。宋襄公是春秋時代的堂吉訶德，他的武士道正是曾經穩定的貴族社會的普遍禮法，宋襄公的舉動標誌着舊貴族的尊嚴和試圖恢復舊有秩序的努力，失敗當然在所難免。當歷史進入戰國時代，這種不知變通的固執在時人看來已經變得不可理喻，接近愚蠢了。後之視前總是佔儘先機。

好在《左傳》中為宋襄公留下一席之地。無論是令人發笑，還是讓人心酸，堂吉訶德式的人物總是充滿象徵意義。儘管他所希望的社會秩序或者不足為訓，但是他所認同的社會價值卻具有普遍的意義；儘管他不是一位高明的政治家，但卻是一個真誠的理想主義者。孟子的「執中」是一個很高的境界，能做到的人寥寥無幾。在「執中」的口號下迷失方向以致放棄原則，或者在「執一」的固執中堅持理想，這永遠是大多數人所面臨的兩難選擇。

晏子不死君難

襄公二十五年①

崔武子見棠姜而美之②，遂取之。莊公通焉③。崔子弒之。

晏子立於崔氏之門外，其人曰：「死乎？」曰：「獨吾君也乎哉，吾死也？」曰：「行乎？」曰：「吾罪也乎哉，吾亡也？」曰：「歸乎？」曰：「君死，安歸？君民者，豈以陵民④？社稷是主。臣君者，豈為其口實⑤，社稷是養。故君為社稷死，則死之；為社稷亡，則亡之。若為己死，而為己亡，非其私暱⑥，誰敢任之？且人有君而弒之，吾焉得死之？而焉得亡之？將庸何歸⑦？」

門啟而入，枕屍股而哭⑧。興⑨，三踊而出⑩。人謂崔子：「必殺之！」崔子曰：「民之望也，舍之，得民。」

【說文解字】

① 晏子不死君難：為編選者所加。晏子，晏嬰，字平仲，齊大夫。　襄公二十五年：公元前548年。

② 崔武子：崔杼，齊國大夫。　棠姜：齊國棠公之妻，棠公死後，崔杼娶之。此段所敘崔杼娶棠姜之事，編選者有省併。

③莊公：齊莊公。 通：私通。
④君民者：為民之君者。 陵民：凌駕於民之上。
⑤口實：俸祿。
⑥私暱：私人親近喜愛之人。
⑦庸何：庸即何，同義詞連用。
⑧枕尸股：將齊莊公的屍體枕於自己大腿上。
⑨興：站起來。
⑩踊：跳躍。

【白話輕鬆讀】

崔武子見到棠姜覺得她非常漂亮，於是就娶其為妻。齊莊公與棠姜私通。崔武子殺死了齊莊公。

晏子站在崔家大門之外，他的隨從問他：「死嗎？」晏子說：「只是我一個人的君主嗎，我死？」隨從又問：「跑嗎？」晏子說：「是我的罪過麼，我跑？」隨從又問：「回去嗎？」晏子說：「君主都死了，回哪去啊？為民之君者，難道是用來凌駕於國民之上的麼？他應該是國政的主持者。為君之臣者，難道是為了俸祿麼？他應該是國家的養護者。因此，國君為國家死，那麼臣子就為國君死；國君為國家逃亡，那麼臣子也就為國君逃亡。如果他是為自己死，為自己逃亡，不是他個人所親近喜愛的人，誰敢承擔這樣的事呢？況且人家把自己立的君主殺掉，我怎麼能為他死？怎麼能為他逃亡呢？我又能回哪去呢？」

崔家的大門打開，晏子進去，將齊莊公的屍體枕在自己的大腿上哭泣。哭完後晏子站起身來，跳了三跳走出門去。

有人對崔武子說：「一定要殺掉晏嬰。」崔武子說：「他是國民所想望之人，放了他，可以得到民心。」

經典延伸讀

崔杼立而相之①，慶封為左相②，盟國人於大宮③，曰：「所不與崔、慶者……」晏子仰天歎曰：「嬰所不唯忠於君，利社稷者是與，有如上帝！」乃歃④。

……

大史書曰：「崔杼弒其君。」崔子殺之。其弟嗣書，而死者二人。其弟又書，乃舍之。南史氏聞大史盡死，執簡以往。聞既書矣，乃還。

（《左傳・襄公二十五年》）

【說文解字】

① 崔杼立而相之：崔杼立齊景公，並為相。

② 慶封：齊大夫。

③ 大宮：齊太公廟。

④ 歃（粵 saap³ 普 shà）：盟誓時飲血表示忠誠，此處指盟誓。

【白話輕鬆讀】

崔杼立齊景公為君，擔任右相之職，慶封為左相，在齊太公的廟中與國人盟誓，說：「凡是不跟從崔、慶的人……」話未說完，晏子仰天歎道：「晏嬰如果不僅僅跟從那些忠於國君、有利於國家的人，請上帝降罰。」於是歃血為盟。

……

齊國太史寫道：「崔杼殺了國君。」崔杼殺掉了太史。太史的弟弟繼續這麼寫，又被殺掉了兩個人。太史另外的弟弟依然這麼寫，崔杼放掉了他。南史氏聽說齊國的太史都死掉了，拿着簡冊往齊國去。聽說此事已經記錄在史書中，這才回去。

多思考一點

死無可死、亡無所亡，可見私不掩公；歸無所歸、易辭歃血，可見公而忘私。晏嬰處事，一切以「社稷」為主，這是所謂的「公義」。無「公義」，枕屍而哭，君臣成禮而已；有「公義」，唯忠於君、利社稷者是與，亂臣可與結盟。晏嬰用「社稷」消解君臣從屬關係的政治理想無疑具有超前意識，與孟子的「民為貴」理想一樣，時至今日仍然具有積極的現實意義。

晏嬰之外，齊國的太史家族和南史氏忠於職守的勇氣同樣值得銘記。即使犧牲生命，也要保證自己所記錄文字的獨立與真實，這種傳統在這不久以後迅速消亡。晏嬰之智與史官之愚在這段黑暗的歷史中交相輝映，如果沒有超越世俗價值的理念和獨立頑強的人格，萬古豈非長如黑夜？

《國語》

《國語》，舊說為《左傳》的作者左丘明掇拾其他剩餘史料編輯而成，故又稱《春秋外傳》。今天看來，這一說法顯然是靠不住的。《國語》是一部國別體史書，彙集了西周中期至春秋晚期周、魯、齊、晉、鄭、楚、吳、越各國的史料，大約成書於戰國中期。《國語》一書側重記錄語言政論，是春秋「語」體史書的彙編。

召公諫厲王止謗

厲王虐①，國人謗王②。召公告曰③：「民不堪命矣！」王怒，得衛巫，使監謗者，以告，則殺之。國人莫敢言，道路以目。

王喜，告召公曰：「吾能弭謗矣④，乃不敢言。」召公曰：「是鄣之也⑤。防民之口⑥，甚於防川。川壅而潰⑦，傷人必多。民亦如之。是故為川者決之使導，為民者宣之使言。故天子聽政，使公卿至于列士獻詩，瞽獻典⑧，史獻書，師箴⑨，瞍賦⑩，矇誦⑪，百工諫⑫，庶人傳語⑬，近臣盡規⑭，親戚補察，瞽、史教誨，耆、艾修之⑮，而後王斟酌焉⑯，是以事行而不悖⑰。民之有口也，猶土之有山川也，財用於是乎出；猶其有原隰，衍沃也⑱，衣食於是乎生。口之宣言也，善敗於是乎興，行善而備敗，所以阜財用、衣食者也。夫民慮之于心而宣之于口，成而行之，胡可壅也？若壅其口，其與能幾何⑲？」

王弗聽，於是國人莫敢出言。三年，乃流王於彘⑳。

【說文解字】

① 厲王：周厲王。

② 謗：公開指責。

③ 召（粵siu6 普shào）公：周王的卿士，召穆公。

④ 弭（粵mei5 普mǐ）：停止。
⑤ 鄣：同「障」，阻擋，遮蔽。
⑥ 防：堵塞。
⑦ 壅：堵塞。
⑧ 瞽（粵gu2 普gǔ）：無目曰瞽，即盲人，為樂師。
⑨ 箴（粵zam1 普zhēn）：勸告，勸誡。
⑩ 瞍（粵sau2 普sǒu）：有目無珠的盲人，亦為樂師。 賦：朗讀詩歌。
⑪ 矇（粵mung4 普méng）：有眼珠但是看不見的盲人，亦為樂師。 誦：朗讀諫語。
⑫ 百工：各種技術人員。 諫：通過談論自己的技術特長進行勸諫。
⑬ 傳語：傳播意見。
⑭ 盡規：盡其規諫。
⑮ 耆、艾：老年人，師傅。 修：儆誡。
⑯ 斟酌：考慮去取。
⑰ 悖：違背，逆亂。
⑱ 原：高平曰原。 隰（粵zaap6 普xí）：下濕曰隰。 衍：低下平坦。 沃：有灌溉水利，肥美之地。
⑲ 與：語助詞，無意義。
⑳ 彘（粵zi6 普zhì）：地名，今山西霍州市。

【白話輕鬆讀】

周厲王殘暴，國都中的人公開指責厲王。召穆公對厲王說：「人民不能忍受你的虐政了。」周厲王暴怒，找來一位衛國的巫師，讓他去監視那些指責自己的人，並把這些情況彙報給自己，然後就把那些人殺掉。國都中的人再沒有敢說話的了，路上相遇只能用眼神交流。

周厲王很高興，告訴召穆公說：「我能制止指責了，竟然都不敢說話了。」召穆公說：「這種做法是阻擋指責。堵住人民的嘴，比用堤壩圍堵河流的禍患還要嚴重。河流堵塞而沖破堤防，一定會傷害大量的生命，人民也是這樣的。因此治理河流的人疏通水道讓水暢行，治理人民的人開放言路讓他們說話。所以天子治理政事，讓從公卿到士各階層的人都獻上詩篇，讓樂官獻上樂典，讓史官獻上史書，讓樂師勸誡，讓沒有眼珠的盲樂師朗誦詩歌，讓有眼珠但是看不見的盲樂師誦讀諫語，讓各種技術人員勸諫，讓一般的民眾傳播意見，讓侍從之臣各盡其規諫，讓親戚們補過察政，讓樂官史官施行教誨，讓老師長輩給以儆誡，然後天子考慮權衡，因此事情行使起來沒有悖逆。人民有嘴，就好像大地之有山川一樣，錢財用品都是從山川中產出的；人民有嘴，就好像大地有高原、窪地、平原、沃土一樣，衣服食物都是從中而生。嘴裏所說的話，好壞從中展現。施行好的，防備壞的，這樣才是增加財富器用、衣服食物的辦法。人民心中所想的，就從嘴裏說出來，應該遵循他們的話去做，怎麼能堵塞呢？如果堵人民的嘴，又能堵多長時間呢？」

周厲王不聽召穆公的意見，因此國都中沒有人敢說話了。三年之後，周厲王被流放到了彘地。

經典延伸讀

鄭人游于鄉校①，以論執政。然明謂子產曰②：「毀鄉校，何如？」子產曰：「何為？夫人朝夕退而游焉，以議執政之善否。其所善者，吾則行之；其所惡者，吾則改之。是吾師也，若之何毀之？我聞忠善以損怨，不聞作威以防怨。豈不遽止③？然猶防川，大決所犯，傷人必多，吾不克救也；不如小決使道，不如吾聞而藥之也。」然明曰：「蔑也今而後知吾子之信可事也。小人實不才，若果行此，其鄭國實賴之，豈唯二三臣？」

仲尼聞是語也④，曰：「以是觀之，人謂子產不仁，吾不信也。」

（《左傳・襄公三十一年》）

【說文解字】

① 鄉校：鄭國的學校。

② 然明：鄭國大夫鬷（粵 zung1 普 zōng）蔑，字然明。子產：鄭國大夫公孫僑，字子產，時掌鄭國之政。

③ 遽（粵 geoi6 普 jù）：迅速。

④ 仲尼：孔子。

【白話輕鬆讀】

鄭國人喜歡到學校去遊玩聚會，議論當政者。然明對子產說：「毀掉學校，怎麼樣？」子產說：「為甚麼這樣做？人們工作完成後早晚去那裏遊玩聚會，以議論當政者的好與壞。他們所認可的，我就去實行；他們所反對的，我就改正。這是我的老師啊，為甚麼要毀掉呢？我聽說過做忠誠善良的事去減少怨恨，沒聽說過用威勢去堵塞怨恨。利用威勢去堵塞當然能立刻制止怨恨。但是這如同堵塞河流一樣：河流大面積地沖破堤防所造成的結果，傷人一定很多，我來不及去補救；不如開個小口子讓河水暢流，我聽到他們的意見可以作為苦口良藥。」然明說：「我從今以後知道您確實是可以侍奉的。小人實在沒有才學。如果真能這麼做，那麼鄭國就依賴您了，豈只是我們幾位當官的而已？」

孔子聽到子產的話，說：「通過這段話來看，人們說子產不仁，我不相信啊。」

多思考一點

「防民之口，甚於防川」，召穆公認識到了，子產認識到了，孔子也認識到了，然而又有多少後輩人仍在夢中呢？「殷鑒不遠，在夏后之世。」只可惜周厲王距今太過遙遠了。好在還有《國語》一篇和《左傳》一段可讀，閉嘴容易，閉眼卻難，等到都閉上了，好一個逍遙的人間！

王孫圉論楚寶

王孫圉聘于晉①，定公饗之②，趙簡子鳴玉以相③，問于王孫圉曰：「楚之白珩猶在乎④？」對曰：「然。」簡子曰：「其為寶也，幾何矣？」

曰：「未嘗為寶。楚之所寶者，曰觀射父⑤，能作訓辭，以行事于諸侯，使無以寡君為口實。又有左史倚相⑥，能道訓典，以敘百物，以朝夕獻善敗于寡君，使寡君無忘先王之業；又能上下說乎鬼神⑦，順道其欲惡，使神無有怨痛于楚國。又有藪曰雲連徒洲⑧，金、木、竹，箭之所生也，龜、珠、角、齒、皮、革、羽、毛，所以備賦⑨，以戒不虞者也⑩。所以共幣帛⑪，以賓享于諸侯者也⑫。若諸侯之好幣具⑬，而導之以訓辭，有不虞之備，而皇神相之⑭，寡君其可以免罪于諸侯，而國民保焉。此楚國之寶也。若夫白珩，先王之玩也，何寶焉？

「圉聞國之寶，六而已：聖能制議百物，以輔相國家，則寶之；玉足以庇蔭嘉穀，使無水旱之災，則寶之；龜足以憲臧否⑮，則寶之；珠足以禦火災，則寶之；金足以禦兵亂，則寶之；山林藪澤足以備財用，則寶之。若夫嘩囂之美⑯，楚雖蠻夷，不能寶也。」

【說文解字】

① 王孫圉（粵jyu5 普yǔ）：楚國大夫。　聘：諸侯之間的外交訪問，以通情好。

② 定公：晉定公。　饗（粵hoeng2 普xiǎng）：設酒宴款待賓客。

③ 趙簡子：晉國大夫趙鞅。　相（粵soeng3 普xiàng）：贊禮，負責各種禮節儀式。

④ 珩（粵hang4 普héng）：一組佩玉上端橫置的玉。

⑤ 觀（粵gun3 普guàn）射（粵jik6 普yì）父（粵fu2 普fǔ）：楚國大夫。

⑥ 左史倚相：左史是官名，倚相是人名。

⑦ 說（粵jyut6 普yuè）：取悅，使高興。

⑧ 藪（粵sau2 普sǒu）：大澤。　雲連徒洲：即楚國的大澤雲夢澤，大約在今湖北江陵以東。

⑨ 賦：兵賦，軍備。

⑩ 不虞：沒有預料到的事。

⑪ 共：同「供」。　幣帛：繒帛，泛指諸侯間相互饋贈的禮物。

⑫ 賓：用客禮款待。　享：獻。

⑬ 好（粵hou3 普hào）：喜歡。

⑭ 皇：大。

⑮ 憲：顯示，佈告。　臧（粵zong1 普zāng）否（粵pei2 普pǐ）：吉凶、善惡。

⑯ 嘩囂：聲音喧嘩，指趙簡子鳴玉而言。

【白話輕鬆讀】

楚大夫王孫圉出訪晉國，晉定公設宴款待他。晉國大夫趙簡子作司儀，把身上的佩玉搖得叮噹作響。趙簡子問王孫圉說：「楚國的白珩，還在麼？」王孫圉回答說：「在。」趙簡子說：「它作為寶貝，有多大價值呢？」

王孫圉說：「我們從不曾把它看作寶貝。楚國所寶貴的是觀射父，他善於外交辭令，出訪於諸侯，不會讓我王落下話柄。楚國還有左史倚相，他能夠記誦先王的教令，把各種事物安排得井井有條，他早晚都把善惡之事奏報給我王，使我王不會忘記先王的功業；他還能取悅於鬼神，順利地宣導他們的好惡，使得鬼神對於楚國沒有怨恨不滿。楚國還有大澤雲夢，那裏出產金屬、木材、竹子，可以製作弓箭；那裏出產的龜甲、珍珠、牛角、象牙以及各種皮革羽毛，可以用來充實軍備，警戒意外之事，還可以提供禮物，在款待諸侯時獻給他們。如果諸侯們喜愛的禮物都準備好，再加以外交辭令的引導，同時楚國有預防意外事件的準備，神靈也幫助楚國，那麼我王大概可以在諸侯之間免於罪責，使社稷和人民得到保護。這才是楚國的寶貝呢。像那白珩，只是先王的玩物，有甚麼可寶貴的呢？

「我聽說國家的寶貝有六種而已。聖明之人能夠商討策劃各種事，用來輔助國家，那麼就以之為寶；玉器足以保護優良的穀物，使國家沒有水旱之災，那麼就以之為寶；龜甲足以佈告吉凶，那麼就以之為寶。珍珠足以防禦火災，那麼就以之為寶；金屬足以抵禦兵亂，那麼就以之為寶；山林藪澤，足以提供財物器用，那麼就以之為寶。至於聲音喧嘩動聽的美器，楚國雖然是蠻夷之國，也不能以之為寶貝的。」

經典延伸讀

（齊威王）二十四年，與魏王會田於郊。魏王問曰：「王亦有寶乎？」威王曰：「無有。」梁王曰①：「若寡人國小也，尚有徑寸之珠照車前後各十二乘者十枚，奈何以萬乘之國而無寶乎？」威王曰：「寡人之所以為寶與王異。吾臣有檀子者②，使守南城③，則楚人不敢為寇東取，泗上十二諸侯皆來朝④。吾臣有朌子者⑤，使守高唐⑥，則趙人不敢東漁於河。吾吏有黔夫者⑦，使守徐州⑧，則燕人祭北門，趙人祭西門，徙而從者七千餘家。吾臣有種首者⑨，使備盜賊，則道不拾遺。將以照千里，豈特十二乘哉！」梁惠王慚，不懌而去。

（《史記・田敬仲完世家》）

【說文解字】

①梁王：即魏王，魏惠王時遷都大梁（今河南開封市西北），故魏又稱梁。

②檀子：齊臣。

③南城：齊邑，今山東平邑縣南。

④泗上十二諸侯：泗水沿岸的十二個諸侯國，如郳、莒、宋、魯等。

⑤朌（粵baan1 普bān）子：齊臣田朌。

⑥高唐：齊邑，今山東禹城市西南四十里。

⑦黔夫：齊臣。

⑧徐州：齊邑，今河北大城縣。

⑨種首：齊臣。

【白話輕鬆讀】

齊威王二十四年，齊威王與魏惠王在郊外共同打獵。魏惠王問道：「齊王也有寶貝嗎？」齊威王說：「沒有。」魏惠王說：「像我這樣的小國，尚有直徑一寸、能照耀前後十二乘車的寶珠十枚，怎麼您這樣的萬乘大國反倒沒有寶貝呢？」齊威王說：「我以為的寶貝與您不同。我有臣子叫檀子，讓他守衛南城，楚國人不敢侵犯我向東進取，泗水邊的十二諸侯都來朝拜。我有臣子叫朌子，讓他守衛高唐，趙國人不敢向東在黃河裏打漁。我有臣子叫黔夫，讓他守衛徐州，燕國人祭祀我的北門，趙國人祭祀我的西門，遷移到徐州跟從他的人有七千多户。我有臣子叫種首，讓他防備盜賊，則路上丢在那裏的東西都沒有人去撿。我的這些臣子可以照耀千里，豈止照耀十二乘車而已！」魏惠王很羞愧，鬱悶地離開了。

多思考一點

王孫圉論楚寶，以人才為主，以實用為宗，輕浮華，黜喧囂，遠見卓識，超越凡俗。同時其議論之言辭態度綿裏藏針，柔中帶剛，火候掌握得恰到好處，足令提問者理虧色赧卻又啞口無言。前人說此段：「問甚矜張，答甚閑淡，機鋒射人。」果然不錯。

齊威王回答魏惠王的一段文字，畢竟是諸侯間的對話，少了幾分謙恭含蓄，多了幾分譏刺嘲諷。齊威王完全以人才為重，比起以照乘之珠沾沾自喜的魏惠王，高下立判，字裏行間帶着居高臨下、不屑一顧的態度，亦屬自然。

以人才為重，是從古至今的通識。而何為人才、如何運用人才以及如何培養人才，則是從古至今的難題。沒有伯樂，哪來的千里馬呢？伯樂也是人才，誰又是伯樂的伯樂呢？

《禮記・檀弓》

《檀弓》是《禮記》中的一篇，因為篇中首先記述了魯國人檀弓論禮之事，故以為篇名。《禮記》，又稱《小戴禮記》，傳統觀點認為《禮記》是孔子後學在傳習禮的過程中所記錄下來的各類參考資料，最後由西漢學者戴聖編集而成。今天所傳《禮記》共四十九篇，內容駁雜，主要記述了各種禮制以及禮所蘊含的深刻含義等。《檀弓》篇雜記諸禮，而以喪禮為主，敘述中多舉實例以為說明，這些內容短小精悍，是優秀的敘事散文。

曾子易簀

曾子寢疾①，病②。樂正子春坐於牀下③，曾元、曾申坐於足④，童子隅坐而執燭⑤。童子曰：「華而睆⑥，大夫之簀與⑦？」子春曰：「止！」曾子聞之，瞿然曰⑧：「呼⑨！」曰：「華而睆，大夫之簀與？」曾子曰：「然。斯季孫之賜也⑩，我未之能易也。元，起易簀。」曾元曰：「夫子之病革矣⑪，不可以變。幸而至於旦，請敬易之。」曾子曰：「爾之愛我也不如彼！君子之愛人也以德，細人之愛人也以姑息⑫。吾何求哉？吾得正而斃焉，斯已矣。」舉扶而易之，反席未安而沒。

【說文解字】

① 曾（粵zang1 普zēng）子：孔子弟子曾參，字子輿。 寢疾：臥病在牀。

② 病：疾病加重。

③ 樂正子春：曾子弟子。

④ 曾元、曾申：曾子之子。

⑤ 童子：未成年的男子。 隅坐：坐於角落。

⑥ 華：華美。 睆（粵wun5 普huàn）：有光澤。

⑦ 簀（粵zaak3 普zé）：竹編的牀墊。

⑧ 瞿（粵geoi3 普jù）然：驚醒的樣子。

⑨ 呼：虛弱疲憊的聲音。

⑩ 季孫：魯大夫季孫氏。

⑪ 革（粵gik1 普jí）：急。

⑫ 細人：小人。 姑息：苟安。

【白話輕鬆讀】

曾子臥病在牀，病勢嚴重。樂正子春坐在牀下，曾元、曾申坐在曾子腳邊，童子坐在角落裏拿着蠟燭。童子說：「華美光澤，這是大夫用的蓆子吧？」樂正子春說：「別說話！」曾子聽到聲音驚醒過來，說：「嗯？」童子說：「華美光澤，這是大夫用的蓆子吧？」曾子說：「是的。這是季孫氏送給我的，我沒來得及換下來。曾元，扶我起來，把蓆子換掉。」曾元說：「您病勢危急，不能移動。希望等到天亮時，再允許我恭敬地把蓆子換掉。」曾子說：「你對我的愛不如童子。君子愛人就成全他的德行，小人愛人就遷就他的過失。我還有甚麼可要求的呢？能夠合禮而死，如此而已。」於是，曾元扶曾子，換掉了蓆子。曾子躺到新換的蓆子上，還沒有躺安穩就去世了。

經典延伸讀

季子將入①，遇子羔將出②，曰：「門已閉矣。」季子曰：「吾姑至焉。」子羔曰：「弗及，不踐其難③！」季子曰：「食焉，不辟其難。」子羔遂出，子路入。及門，公孫敢門焉，曰：「無入為也。」季子曰：「是公孫也，求利焉，而逃其難。由不然，利其祿，必救其患。」有使者出，乃入，曰：「大子焉用孔悝？雖殺之，必或繼之。」且曰：「大子無勇，若燔台④，半，必舍孔叔。」大子聞之，懼，下石乞、盂黶敵子路⑤，以戈擊之，斷纓⑥。子路曰：「君子死，冠不免。」結纓而死。孔子聞衛亂，曰：「柴也其來，由也死矣。」

《左傳・哀公十五年》

【說文解字】

① 季子：孔子弟子仲由，字子路，又字季路。是時，子路為衛國大夫孔悝（粵 fui1 普 kuī）之邑宰，衛國被趕跑的故太子蒯聵是當時的衛君——衛出公的父親，他潛回衛國，劫持孔悝，欲以自立，衛出公逃跑，子路聽說後，趕回孔家營救孔悝。

② 子羔：孔子弟子高柴，字子羔。

③ 不踐其難：即勿踐其難，不要參與到孔氏的禍亂中去。

④ 燔（粵 faan4 普 fán）：焚燒。

⑤ 黶（粵 jim2 普 yǎn）：黑痣。此處作人名。

⑥ 纓：繫在頷下以固定帽子的帶子。

【白話輕鬆讀】

子路要進去，遇見子羔出去，子羔說：「大門已經關上了。」子路說：「我先到那裏去再說。」子羔說：「來不及了，不要參與到這場禍亂中去！」子路說：「吃人家的俸祿，不能躲避人家的禍亂。」於是子羔出去，子路進去。到孔家的大門口，公孫敢把守在那，公孫敢說：「不要進去。」子路說：「這是公孫敢啊，追求利益，因而逃避孔氏的禍亂。我不一樣，我把孔家給我的俸祿看做利益，我一定要救助他的禍患。」有使者出門來，子路這才趁機進入門內。子路對蒯聵說：「太子哪利用得上孔悝呢？即使你殺掉他，一定有人代替他。」子路又說：「太子沒有勇氣，如果在台下放起火來，燒到一半，太子必然會放掉孔悝。」蒯聵聽到子路的話，擔心害怕，讓石乞和盂黶二人下台去抵擋他，二人用戈擊殺子路，並砍斷了他繫帽子的帶子。子路說：「君子就算死了，帽子也不能掉。」他把帽帶繫好，然後死去。孔子聽到衛國發生了禍亂，說：「子羔會回來，子路會死掉。」

多思考一點

曾子並非大夫，但卻接受季孫氏所贈大夫之簀，這是違禮之舉。衛出公以子拒父，子路卻仕於衛國，這是不智之舉。然而曾子易簀，全禮而終；子路結纓，盡禮而亡。二人臨終不苟，終無虧於名節。後世學者對此或者竭力回護，或者百般指責，倒是朱熹説得平和：「易簀結纓，未須論優劣，但看古人謹於禮法，不以死生之變易其所守，便使人有行一不義、殺一不辜而得天下不為之心。此是緊要處。」「不以死生之變易其所守」，這實在是最值得推崇與敬佩的地方，有所守方能有所不為，有所不為才見出超越現實利害之真道德與獨立之真精神，死生之際，不苟如此，其他可以毋論矣。人生實難，曾子、子路亦但求安心而已，後世患有道德潔癖者反不能理會，用繩子殺人與用刀殺人又有何分別呢？有所守而有所不為者死而後已，「無為」而「無不為」者則長生久視，人間事每每如此，真不知其心將於何處安放？

杜蕢揚觶

知悼子卒①，未葬。平公飲酒②，師曠、李調侍③，鼓鐘④。杜蕢自外來⑤，聞鐘聲，曰：「安在？」曰：「在寢⑥。」杜蕢入寢，歷階而升⑦。酌曰⑧：「曠飲斯。」又酌曰：「調飲斯。」又酌，堂上北面坐飲之。降⑨，趨而出⑩。

平公呼而進之，曰：「蕢，曩者爾心或開予⑪，是以不與爾言。爾飲曠⑫，何也？」曰：「子卯不樂⑬。知悼子在堂，斯其為子卯也大矣。曠也，太師也，不以詔⑭，是以飲之也。」「爾飲調，何也？」曰：「調也，君之褻臣也⑮，為一飲一食忘君之疾，是以飲之也。」「爾飲，何也？」曰：「蕢也，宰夫也⑯，非刀匕是共⑰，又敢與知防⑱，是以飲之也。」平公曰：「寡人亦有過焉，酌而飲寡人。」杜蕢洗而揚觶⑲。公謂侍者曰：「如我死，則必毋廢斯爵也。」

至於今，既畢獻，斯揚觶，謂之「杜舉」。

【說文解字】

① 知（粵zi3 普zhì）悼子：晉國大夫荀盈。

② 平公：晉平公。

③ 師曠：晉國的樂師。李調：晉平公的寵臣。侍：陪同。

④ 鼓鐘：敲鐘。

⑤ 杜蕢（粵gwai6 普kuì）：晉平公的廚師。又

作「屠蒯」，此事亦見於《左傳・昭公九年》，所敘與《禮記》有異。

⑥ 寢：寢宮，宴居的宮殿。

⑦ 歷階而升：越階而上。

⑧ 酌：斟酒。

⑨ 降：走下台階。

⑩ 趨：快走，疾行。

⑪ 曩（粵 nong5 普 nǎng）：從前，剛才。 開：啟發。

⑫ 飲（粵 jam3 普 yìn）：使人喝，給人喝。下文飲之、飲調、飲寡人皆同。

⑬ 子卯不樂：據說夏桀在乙卯日亡，商紂於甲子日死，此二日謂之疾日，不應奏樂飲酒取樂。

⑭ 詔：告誡。

⑮ 褻臣：親昵近臣。

⑯ 宰夫：廚師。

⑰ 匕：羹匙。 共：通「供」。

⑱ 防：防禁，諫諍。

⑲ 揚觶（粵 zi3 普 zhì）：舉起酒杯。

【白話輕鬆讀】

知悼子去世，還未下葬，晉平公就喝起酒來，師曠與李調陪同，還敲鐘奏樂。杜蕢從外面回來，聽到鐘聲，說：「在哪奏樂呢？」有人回答說：「在寢宮。」杜蕢走進寢宮，越階而上，斟上酒說：「師曠喝掉這杯酒。」又倒了一杯酒說：「李調喝掉這杯酒。」然後又倒了一杯酒，在堂上面朝北坐着喝掉，喝完酒走下台階，疾行而出。

晉平公叫杜蕢回來，說：「杜蕢，剛才你的心思似乎是要開導我，因此我沒有跟你說話。你讓師曠喝酒，為甚麼呢？」杜蕢回答：「子卯日是疾日，不該作樂，況且知悼子的靈柩還停在堂上，這比子卯疾日更重要，師曠是太師，不明告此事，因此我罰師曠喝酒。」晉平公又問：「你讓李調喝酒，又是為甚麼呢？」杜蕢回答說：「李調是您的近臣，為了一杯酒一頓飯而忘掉您應該記住的疾日，因此我罰李調喝酒。」晉平公又問：「你喝酒是為甚麼呢？」杜蕢說：「杜蕢我，是一名廚師，我不供應飯菜，又膽敢參與並知道防範諫諍之事，因此我自己也罰了一杯酒。」晉平公說：「寡人也有過錯，斟酒罰寡人一杯。」杜蕢洗淨酒杯，高高舉起，獻給晉平公。晉平公對侍從說：「假如我死了，也一定不要毀棄這隻酒杯。」

至今，獻酒完畢後，舉起酒杯這一動作，依然稱之為「杜舉」。

經典延伸讀

威王八年，楚大發兵加齊。齊王使淳于髡之趙請救兵①，齎金百斤②，車馬十駟③。淳于髡仰天大笑，冠纓索絕④。王曰：「先生少之乎？」髡曰：「何敢！」王曰：

「笑豈有説乎？」髡曰：「今者臣從東方來，見道傍有禳田者⑤，操一豚蹄，酒一盂，而祝曰：『甌窶滿篝⑥，汙邪滿車⑦，五穀蕃熟，穰穰滿家⑧。』臣見其所持者狹而所欲者奢，故笑之。」於是齊威王乃益齎黃金千鎰⑨，白璧十雙，車馬百駟。髡辭而行，至趙。趙王與之精兵十萬，革車千乘。楚聞之，夜引兵而去。

（《史記・滑稽列傳》⑩）

【説文解字】

① 淳于髡（粵 kwan1 普 kūn）：齊國人，姓淳于，名髡。

② 齎（粵 zai1 普 jī）：拿禮物送人。

③ 駟：駕一車的四匹馬。

④ 索：盡。

⑤ 禳（粵 joeng4 普 ráng）田：祭祀以消災難、求豐收。

⑥ 甌窶（粵 geoi6 普 jù）：狹小的高地。　篝（粵 gau1 普 gōu）：盛東西的竹籠。

⑦ 汙邪：低窪的田。

⑧ 穰穰：繁盛。

⑨ 鎰（粵 jat6 普 yì）：重量單位，二十兩為一鎰，或説二十四兩為一鎰。

⑩ 滑（粵 gwat1 普 gǔ）稽：言辭辨捷。

【白話輕鬆讀】

齊威王八年，楚國派出大軍進攻齊國。齊威王派淳于髡到趙國去請救兵，拿一百斤黃金，十輛四駕馬車作為禮物。淳于髡仰天大笑，繫帽子的繩子都斷了。齊威王說：「先生以為禮物太少了麼？」淳於髡說：「怎麼敢！」齊威王說：「您的笑難道有甚麼說法麼？」淳于髡說：「剛才我從東邊來，看見道旁有祈禱豐收的人，拿着一個豬蹄和一罎子酒，他祝願說：『狹小高地收滿籠，低地窪地收滿車，五穀豐登，多多滿家。』臣見他拿的祭品微薄而所要求的卻很奢侈，因此才笑他。」於是齊威王就把禮物加到黃金千鎰，白璧十對，四駕馬車一百輛。淳于髡辭別出行，去到趙國。趙王給了淳于髡精兵十萬，戰車千輛，楚國聽到這個消息，當夜即領兵回去了。

多思考一點

《禮記》所記「杜蕢揚觶」一段，本為禮而設，豈料行文甚奇，反有奪主之勢。杜蕢三杯酒喝完就走，故佈疑陣；晉平公懸揣落空，召而復問；杜蕢藉以獲得進言的機會，並免去逆鱗之患。在答語中，杜蕢指桑罵槐、以退為進，使得晉平公不得不引咎自罰，杜蕢則順水推舟，不失謙恭臣子之禮。在這一波三折的敘述中，杜蕢的智慧展現無遺。

古來進諫不外直曲二法。直言極諫者，其結果如何取決於被進諫者的肚量。曲成其說者，其結果依賴於語言的技巧與情節的設計。前者留下的多是道德典範與扼腕歎息；後者留下的則是絕妙好辭與人情宛轉。「杜蕢揚觶」與淳于髡仰天大笑，無疑是屬於後者的，這些下層的小人物世事洞明、人情練達，深通進退之道，故而往往能出奇制勝。

古往今來，天子匹夫，沒有人喜歡當面捱批評，一樣的道理，正說反說結果肯定不一樣。天下的道理，大多都是在意氣之爭中被捂死了吧。

《戰國策》

《戰國策》是一部記錄戰國時期縱橫之士遊說之辭的著作，其記錄者和作者是戰國以及秦漢間的遊士。其書原來零散流傳，西漢時劉向將其整理排比，以國為別，以時為次，並定名為《戰國策》。今傳本《戰國策》經過宋人的校訂，分為東周、西周、秦、齊、楚、趙、魏、韓、燕、宋、衛、中山十二國。《戰國策》不僅是一部重要的戰國史料彙編，還是一部傑出的文學著作，它善於利用誇張排比的手法和寓言故事的形式去表達主題，結構緊湊巧妙，語言鋪張華麗，具有極強的論辯邏輯性。《戰國策》中縱橫捭闔的氣勢和針鋒相對的言辭，刻畫出戰國遊士鮮明的個性，並直接影響到漢代賦體文學的創作。

唐雎不辱使命

秦王使人謂安陵君曰①：「寡人欲以五百里之地易安陵，安陵君其許寡人！」安陵君曰：「大王加惠，以大易小，甚善。雖然，受地於先王，願終守之，弗敢易。」秦王不說。安陵君因使唐雎使於秦②。

秦王謂唐雎曰：「寡人以五百里之地易安陵，安陵君不聽寡人，何也？且秦滅韓亡魏，而君以五十里之地存者，以君為長者，故不錯意也③。今吾以十倍之地，請廣於君，而君逆寡人者，輕寡人與？」唐雎對曰：「否，非若是也。安陵君受地於先王而守之，雖千里不敢易也，豈直五百里哉？」

秦王怫然怒④，謂唐雎曰：「公亦嘗聞天子之怒乎？」唐雎對曰：「臣未嘗聞也。」秦王曰：「天子之怒，伏屍百萬，流血千里。」唐雎曰：「大王嘗聞布衣之怒乎？」秦王曰：「布衣之怒，亦免冠徒跣⑤，以頭搶地耳⑥。」唐雎曰：「此庸夫之怒也，非士之怒也。夫專諸之刺王僚也⑦，彗星襲月；聶政之刺韓傀也⑧，白虹貫日；要離之刺慶忌也⑨，蒼鷹擊於殿上。此三子者皆布衣之士也，懷怒未發，休祲降於天⑩，與臣而將四矣。若士必怒，伏屍二人，流血五步，天下縞素，今日是也。」挺劍而起。

秦王色撓⑪，長跪而謝之曰⑫：「先生坐，何至於此！寡人諭矣⑬。夫韓、魏滅亡，而安陵以五十里之地存者，徒以有先生也。」

【說文解字】

① 秦王：秦王嬴政。　安陵君：安陵的國君。安陵是魏國的附屬國，地在今河南鄢陵附近。

② 唐雎（粵 zeoi1 普 jū）：人名。《戰國策》中名「唐雎」者不止一人，或作「唐且」。

③ 錯意：「錯」通「措」，「措意」即置意、有意圖。

④ 怫（粵 fat6 普 fú）然：生氣的樣子。

⑤ 徒跣（粵 sin2 普 xiǎn）：光着腳。

⑥ 搶（粵 coeng1 普 qiāng）：撞。

⑦ 專諸之刺王僚：吳公子光宴請吳王僚，命專諸獻魚，專諸用藏在魚腹中的匕首刺死吳王僚，專諸被武士所殺，吳公子光自立為王，是為吳王闔閭。

⑧ 聶政之刺韓傀（粵 faai3 普 kuǐ）：嚴仲子與韓國的相國傀有仇，逃出韓國，四處訪求刺客刺殺韓相傀。嚴仲子在齊國聽説聶政的大名，奉以黃金百鎰，欲請聶政幫忙行刺。聶政因老母尚在，拒絕了嚴仲子的請求。待老母去世，聶政找到嚴仲子，終於為他刺殺了韓相傀，然後毀容自殺而亡。

⑨ 要離之刺慶忌：吳王闔閭既殺王僚，又擔心王僚之子慶忌報仇，於是請要離去刺殺慶忌。二人使出苦肉計，闔閭焚殺要離之妻，要離藉故投靠慶忌，趁機將其刺殺，然後自殺而亡。

⑩ 休祲（粵 zam3 普 jìn）：休是吉祥的徵兆，祲是兇險的徵兆。

⑪ 撓：屈服、示弱。

⑫ 長跪：雙膝着地、腰部挺直、大腿直立的姿勢。　謝：道歉。

⑬ 諭：明白。

【白話輕鬆讀】

秦王派人對安陵君說：「我想要用方圓五百里的土地與安陵交換，您大概能答應我吧。」安陵君說：「大王給我恩惠，用面積大的換面積小的，很好。雖然是這樣，我的土地卻是從先王那裏得到的，願意終生守護它，不敢去交換。」秦王很不高興。因此，安陵君派唐雎出使到秦國。

秦王對唐雎說：「我用方圓五百里的土地交換安陵，安陵君不聽從我，這是甚麼原因呢？再說我秦國滅掉了韓國和魏國，安陵君之所以能靠方圓五十里的土地生存，是因為我認為安陵君是位長者，所以我沒想那樣去做。如今，我以廣闊十倍的土地請求擴大安陵君的領土，而安陵君卻拒絕我，這是輕視我麼？」唐雎回答說：「不是，不是像這樣。安陵君繼承先王的土地而守護它，即使是方圓千里的土地也不敢去交換，何況僅僅方圓五百里呢。」

秦王勃然大怒，對唐雎說：「您曾經聽說過天子之怒麼？」唐雎回答說：「我從未聽過。」秦王說：「天子之怒，伏屍百萬，流血千里。」唐雎說：「大王曾經聽說過平民之怒麼？」秦王說：「平民之怒，不過丟掉帽子，光着腳板，用頭撞地罷了。」唐雎說：「這是俗人之怒，不是義士之怒。像那專諸刺殺王僚，彗星掠過月亮。聶政刺殺韓傀，白氣貫穿太陽。要離刺殺慶忌，蒼鷹撲擊到宮殿上。這三個人都是平民，心懷憤怒未曾發洩時，感動上天降下徵兆，算上我就是四個人了。如果士人要發怒，那麼伏屍二人，流血五步，天下都披麻戴孝，就在今天了。」說完，唐雎拔劍而起。

秦王面露懼色，長跪道歉說：「先生請坐，怎麼會到這種地步呢？我明白了，之所以韓、魏滅亡而安陵卻以方圓五十里得以幸存，只是因為有先生您啊。」

經典延伸讀

曹沫者①，魯人也，以勇力事魯莊公。莊公好力。曹沫為魯將，與齊戰，三敗北。魯莊公懼，乃獻遂邑之地以和②。猶復以為將。

齊桓公許與魯會於柯而盟③。桓公與莊公既盟於壇上，曹沫執匕首劫齊桓公，桓公左右莫敢動，而問曰：「子將何欲？」曹沫曰：「齊強魯弱，而大國侵魯亦甚矣。今魯城壞即壓齊境，君其圖之。」桓公乃許盡歸魯之侵地。既已言，曹沫投其匕首，下壇，北面就群臣之位，顏色不變，辭令如故。桓公怒，欲倍其約④。管仲曰⑤：「不可。夫貪小利以自快，棄信於諸侯，失天下之援，不如與之。」於是桓公乃遂割魯侵地，曹沫三戰所亡地盡復予魯。

（《史記‧刺客列傳》）

【說文解字】

① 曹沫：「沫」字當作「沬」（粵 mui^{6} 普 mèi），後人多以為即《左傳》中之「曹劌（粵 gwai^{3} 普 guì）」。《史記》中此段記載，學者多以為傳說異辭，恐非信史，但是戰國以及秦漢間頗為流行。

② 遂：今山東肥城市南二十八里。

③ 柯：今山東陽谷縣東北阿城鎮。

④ 倍：背棄。

⑤ 管仲：齊國大夫管夷吾。

【白話輕鬆讀】

曹沫，魯國人，依仗勇力侍奉魯莊公。魯莊公喜好強力。曹沫作為魯國的將軍，與齊國交戰，三次均戰敗。魯莊公害怕了，就把遂地獻給齊國求和，仍然讓曹沫作將軍。

齊桓公同意與魯國在柯地會盟議和。齊桓公與魯莊公已經在高壇上結盟，曹沫手持匕首劫持了齊桓公，齊桓公左右的隨從不敢動彈，問曹沫說：「你想怎麼樣？」曹沫說：「齊國強大，魯國弱小，齊國侵犯魯國也太過分了。今天魯國城牆如果倒塌一定會砸到齊國的疆域，請您考慮。」齊桓公於是同意把侵佔的魯國領土都歸還魯國。齊桓公答應以後，曹沫立刻扔下匕首，走下高壇，面朝北回到群臣的位置中去，臉色不變，説話如故。齊桓公很憤怒，要背棄與曹沫的約定。管仲説：「不可以。貪圖小的利益使自己一時痛快，背棄與諸侯的約定，將失去天下的幫助，不如把那些地方還給魯國。」於是，齊桓公把侵佔的魯國疆土都還給魯國，曹沫三次作戰失利所丢掉的領土都失而復得。

多思考一點

唐雎雖為使者，然懷布衣之怒，引專諸、聶政、要離諸刺客以為同道。曹沫雖為將軍，然執匕首劫齊桓公，為《刺客列傳》之第一人。二人雖無刺殺之實，但有刺客之行與刺客之心，這是沒有問題的。

從古至今，作為刺客有三大要素。第一，孤身一人；第二，挑戰最高權力；第三，矢志不渝。刺客實際上是人自身覺醒的一個理想狀態。當人們面對結構複雜的社會，習慣性地感到無力、絕望和沉淪的時候，是刺客提供了走出困境的希望，喚醒了人對自己力量的認識，人們借此重新找回了孤獨感，正是這種孤獨讓人生顯得真切充實並且脱離孤獨，同時具有自給自足的詩意。刺客的故事，其真實性一直都有待證實，其合法性也一直都存在爭論，但是這並不妨礙刺客們永遠存在，並受到人們的尊重。唐雎也好，曹沫也好，都有着與史實矛盾的地方，但是漢代畫像磚上依然刻畫着他們的故事，因為個人與大眾所幻化出的社會權力的矛盾將永遠存在。而這一矛盾的外衣，就是對勇氣的追求。

司馬遷在《刺客列傳》中說：「自曹沫至荊軻五人，此其義或成或不成，然其立意較然，不欺其志，名垂後世，豈妄也哉！」所謂「立意較然，不欺其志」，或許正可作刺客之註腳。

李斯

李斯，楚國上蔡（今河南上蔡）人，從學於荀子，後仕於秦，輔佐秦始皇統一天下，官至丞相。秦始皇死後，李斯參與趙高、胡亥的陰謀，擁立二世胡亥繼位，後為趙高誣陷，腰斬於咸陽。

此篇《諫逐客書》，原載於《史記・李斯列傳》，是李斯的代表作。秦王政初年，韓國派水工鄭國到秦國修建水渠，以期消耗秦國的人力物力。此事被發覺後，秦國宗室大臣建議驅逐一切非秦國之人，李斯亦在被驅逐之列。於是李斯寫成此文，博引歷史，鋪排事實，議論透闢老辣，終於使得秦王廢除了逐客令，並任命李斯為廷尉。時為秦王政十年，也即公元前237年。

諫逐客書

秦宗室大臣皆言秦王曰：「諸侯人來事秦者，大抵為其主游間於秦耳[1]，請一切逐客[2]。」李斯議亦在逐中。

斯乃上書曰：「臣聞吏議逐客，竊以為過矣。

「昔穆公求士[3]，西取由余於戎[4]，東得百里奚於宛[5]，迎蹇叔於宋[6]，求丕豹、公孫支於晉[7]。此五子者，不產於秦，而穆公用之，併國二十，遂霸西戎。孝公用商鞅之法[8]，移風易俗，民以殷盛，國以富強，百姓樂用，諸侯親服，獲楚魏之師，舉地千里，至今治強。惠王用張儀之計[9]，拔三川之地[10]，西併巴蜀[11]，北收上郡[12]，南取漢中[13]，包九夷[14]，制鄢郢[15]，東據城皋之險[16]，割膏腴之壤，遂散六國之從[17]，使之西面事秦，功施到今。昭王得范睢[18]，廢穰侯[19]，逐華陽[20]，強公室，杜私門，蠶食諸侯，使秦成帝業。此四君者，皆以客之功。由此觀之，客何負於秦哉？向使四君卻客而不內，疏士而不用，是使國無富利之實，而秦無強大之名也。

「今陛下致崑山之玉[21]，有隨和之寶[22]，垂明月之珠，服太阿之劍[23]，乘纖離之馬[24]，建翠鳳之旗，樹靈鼉之鼓[25]。此數寶者，秦不生一焉，而陛下說之，何也？必秦國之所生然後可，則是夜光之璧不飾朝廷，犀象之器不為玩好，鄭、魏之女不充後宮，而駿馬駃騠不實外廄[26]，江南金錫不為用，西蜀丹青不為采。所以飾後宮、充下陳[27]、娛心意、説耳目者，必出於秦然後可，則是宛珠之簪[28]、傅璣之珥[29]、阿縞之衣[30]、錦繡之飾，不進於前，而隨俗雅化[31]、佳冶窈窕趙女不立於側也[32]。夫擊甕叩缶[33]、彈箏搏髀[34]。而歌呼嗚嗚、快耳目者，真秦之聲也；鄭、衛、桑間[35]、韶虞、武象者[36]，異國之樂也。今棄擊甕而就鄭衛，退彈箏而取韶虞，若是者何也？快意當前，適觀而已矣。今取人則不然。不問可否，不論曲直，非秦者去，為客者逐。然則是所重者在乎色、樂、珠、玉，而所輕者在乎人民也。此非所以跨海內、制諸侯之術也！

「臣聞地廣者粟多，國大者人眾，兵強則士勇。是以泰山不讓土壤，故能成其大；河海不擇細流，故能就其深；王者不卻眾庶，故能明其德。是以地無四方，民無異國，四時充美，鬼神降福，此五帝、三王之所以無敵也。今乃棄黔首以資敵國[37]，卻賓客以業諸侯[38]，使天下之士退而不敢西向，裹足不入秦，此所謂『藉寇兵而齎盜糧』者也[39]。

「夫物不產於秦，可寶者多；士不產於秦，而願忠者眾。今逐客以資敵國，損民以益仇，內自虛而外樹怨於諸侯，求國之無危，不可得也！」

秦王乃除逐客之令，復李斯官。

【說文解字】

① 游間（粵gaan3 普jiàn）：遊說偵查。
② 一切：一律。
③ 穆公：秦穆公，公元前659—前621年在位。
④ 由余：春秋時晉國人，逃亡到西戎，後投奔秦穆公，幫助秦穆公稱霸西戎。　戎：中國西部少數民族的泛稱。
⑤ 百里奚：春秋時虞國大夫，晉獻公滅虞，使百里奚為陪嫁媵臣，百里奚逃跑到宛，被楚人抓獲，秦穆公用五張黑色公羊皮贖回，授以國政，號為「五羖（粵gu2 普gǔ）大夫」。　宛（粵jyun1 普yuān）：今河南南陽。
⑥ 蹇（粵zin2 普jiǎn）叔：春秋時之賢人，百里奚之友，經百里奚推薦被秦穆公任命為上大夫。
⑦ 求：使之來。　丕豹：晉國大夫丕鄭的兒子，其父被殺，逃入秦國，幫助秦穆公擊敗晉國並東擴地至黃河。　公孫支：秦大夫公孫子桑，據說先遊晉國，後歸秦國。
⑧ 孝公：秦孝公，公元前361—前338年在位。　商鞅：衛國人公孫鞅，後封為商（今陝西丹鳳縣西）君，故稱商鞅。商鞅幫助秦孝公變法，使秦國逐漸強大起來。
⑨ 惠王：秦惠文王，公元前337—前311年在位。　張儀：魏國人，戰國時著名的縱橫家，秦惠文王任張儀為相，通過「連橫」（分別與其他六國結盟）之術破壞六國的「合縱」（六國聯合起來）抗秦之勢。
⑩ 三川：指黃河、洛水、伊水，這三川流域的廣大土地介於秦、楚之間。
⑪ 巴蜀：巴指今天四川重慶以及附近地區，蜀指今天四川成都及其附近地區。
⑫ 上郡：今陝西榆林市東南。
⑬ 漢中：今陝西漢中市東。
⑭ 九夷：泛指中國東部的少數民族，此處指楚

國境內的少數民族。

⑮ 鄢郢（粵 jing5 普 yǐng）：楚國前後建都於鄢和郢，鄢在今湖北宜城附近，郢在今湖北江陵附近。

⑯ 城皋：本作「成皋」，在今河南滎陽市西北汜水西。

⑰ 從（粵 zung1 普 zòng）：即「縱」，指合縱。

⑱ 昭王：秦昭襄王，公元前 306—前 251 年在位。　范雎：魏國人，字叔，事魏獲罪，潛行入秦，秦昭襄王以之為相。

⑲ 穰侯：秦昭襄王的母親宣太后的異父弟魏冉。

⑳ 華陽：秦昭襄王的母親宣太后的同父弟羋戎。

㉑ 崐山：即崑崙山，舊說在於闐國東北四百里，其山出玉。

㉒ 隨：指隨侯珠，傳說中隨國的國君路遇大蛇斷成兩截，派人用藥接續救治，後來蛇銜徑寸明珠來報，絕白而有光。　和：指和氏璧，傳說卞和在山中找到一塊未開鑿的美玉，兩次獻給楚王都被認作石頭，自己也被砍去雙腿，卞和抱璞痛哭，驚動了新即位的楚文王，楚文王命人鑿開玉璞，果得美玉。

㉓ 太阿（粵 ngo1 普 ē）：傳說中楚國名匠歐冶子、干將鑄造的寶劍。

㉔ 纖離：駿馬名。

㉕ 鼉（粵 to4 普 tuó）：即揚子鱷。

㉖ 駃（粵 kyut3 普 jué）騠（粵 tai4 普 tí）：駿馬名。

㉗ 下陳：堂下，陳列禮品之處，亦為侍妾歌舞之所。

㉘ 宛珠：宛地出產的寶珠，一說即隨侯珠。

㉙ 傅：附着。　璣：不圓的珍珠。　珥：耳飾，耳環。傅璣之珥，即鑲着珍珠的耳環。

㉚ 阿（粵 ngo1 普 ē）：戰國時齊國的城邑，在今山東陽谷縣東北阿城鎮。　縞：細而白的絲織品。

㉛ 隨俗雅化：嫻雅時尚。

㉜ 佳冶窈窕：美豔婀娜。

㉝ 甕：打水用的瓦罐。　缶：盛酒或水的陶器，腹大口小。

㉞ 搏髀（粵bei² 普bì）：拍大腿。

㉟ 鄭、衛、桑間：指淫靡之樂。鄭國、衛國的音樂娛樂性較強，且多表達男女之情；桑間是衛地，在濮水之上，據說商紂時的樂師師延為商紂王作靡靡之樂，後投濮水而死，聽此樂必於濮水之上。

㊱ 韶虞、武象：指典禮用的廟堂雅樂。韶虞相傳為舜時的音樂，武象相傳是周武王時的樂舞。

㊲ 黔首：秦國對百姓的稱呼。資：助。

㊳ 業：使成就功業。

㊴ 藉：通「借」，借給。齎：拿東西送給人。

【白話輕鬆讀】

秦國的宗室大臣都對秦王說：「諸侯各國來秦國任職的人，大都是為了他們的君主在秦國從事遊說偵查工作而已，請將這些來自其他國家的客卿一律驅逐。」根據這樣的意見，李斯也在被驅逐之列。

於是李斯上書說：「臣下聽說官員們計劃驅逐客卿，私下以為這是錯誤的。

「從前，秦穆公尋求人才，從西方的戎人那裏招來由余，從東方的宛地得到百里奚，從宋地迎來蹇叔，從晉國獲得丕豹和公孫支。這五個人，都不出生於秦國，然而穆公任用他們，兼併了二十個國家，終於稱霸西戎。秦孝公用商鞅的法令，轉移風氣、變化風俗，人民因而殷實興盛，國家富強，百姓樂於為國家效力，諸侯親附聽命，俘虜了楚國和魏國的軍隊，攻佔土地一千里，到今天國家依然太平強大。秦惠王用張儀的計策，攻克三川之地，向西吞併巴蜀，向北佔領上郡，向南奪取漢中，囊括九夷，控制鄢郢，東面依據成皋的險阻，割取了諸侯的肥沃土地，於是破除了諸侯連縱攻秦之勢，讓他們向西侍奉秦國，功績至今猶存。秦昭王得到范雎，廢掉穰侯，驅逐華陽，壯大了王室的力量，杜絕了貴族的私人權勢，逐步吞併諸侯，使秦國成就帝業。這四位君主的業績，都是依靠客卿的功勞。如此看來，客卿有甚麼辜負秦國的呢？假使這四位君主排斥客卿，不讓他們來，疏遠賢才而不任用他們，這種做法只能使秦國既沒有富裕的實力，也沒有強大的威名。

「如今，陛下得到崑崙山的玉石，擁有隨侯珠、和氏璧這樣的寶貝，身上掛着明月一般的珍珠，佩帶着太阿寶劍，駕乘着纖離駿馬，舉着翠鳥羽毛做成的旗幟，樹立着鼉魚皮做成的大鼓。這些寶貝，秦國一樣都不出產，然而陛下喜好它們，為甚麼呢？如果一定是秦國出產的然後才可使用，那麼夜裏發光的玉璧就不能裝飾朝廷，犀牛角、象牙等做成的器物就不能作為您的玩物，鄭魏的美女不能充滿後宮，駿馬不能充滿馬廄，江南的金錫不能被使用，西蜀的丹青顏料也不能作為顏色。如果那些裝飾後宮、陳列堂下、娛樂心意、愉悅耳目的都一定要出產於秦國才可以使用，那麼嵌着宛珠的簪子、鑲着珍珠的耳環、阿縞製成的衣服、用彩絲繡成的錦緞所做成的飾物都不能呈現在您的面前，而嫻雅時尚、美豔婀娜的趙國美女也不會站在您的旁邊。擊打着甕和缶，彈着箏，拍着大腿，呼叫着「嗚嗚」的聲音唱歌使耳目愉快的，確實是秦國的聲響。而鄭衛桑間之音和韶虞武象之樂，都是別國的音樂。如今，拋棄擊甕之聲而選擇鄭衛之音、不選彈箏之樂而取韶虞之樂，像這樣是為甚麼呢？不過是當時覺得好聽、看起來舒服罷了。如今選擇人才卻不是這樣。不問是非、不論曲直，凡不是秦國人的就趕走，凡是從外國來的就驅逐。這樣看來，您所重視的在於美色、音樂、珠寶、玉器，而您所輕視的則是人民。這不是用來佔據海內、控制諸侯的方法！

「臣下聽説，土地越廣闊糧食就越多，國家越大人口就越盛，軍隊越強大士兵就越勇敢。因此，泰山不拒絕土壤，所以能成就其高大；河海不拒絕細流，所以能成就其深廣；君主不拒絕各種各樣的人，所以能彰顯他的德行。因此，土地沒有四方的區別，人民沒有國家不同的差異，四季富足美好，鬼神賜福，這是古代五帝三王之所以無敵的原因。如今竟然放棄百姓以資助敵國，排斥賓客以成就諸侯，使天下的人才離開秦國而不敢西來，停步不前不進入秦國，這就是所謂的『借給賊寇兵刃、送給強盜糧食』。「不產於秦國的物品，有很多值得寶貴。不產於秦國的人才，有很多願意效忠。如今驅逐客卿以資助敵國，損害人民的利益以補給仇人，在內削弱自己的實力而又在外結怨於諸侯，希望國家沒有危險，辦不到啊！」

秦王於是廢除了逐客的命令，恢復了李斯的官職。

經典延伸讀

於是二世乃使高案丞相獄①，治罪，責斯與子由謀反狀②，皆收捕宗族賓客。趙高治斯，榜掠千餘③，不勝痛，自誣服。斯所以不死者，自負其辯，有功，實無反心，幸得上書自陳，幸二世之悟而赦之。李斯乃從獄中上書曰：「臣為丞相治民，三十餘年矣④。逮秦地之狹隘。先王之時秦地不過千里，兵數十萬。臣盡薄材，謹奉法令，陰行謀臣，資之金玉，使遊說諸侯，陰修甲兵，飾政教，官鬥士，尊功臣，盛其爵祿，故終以脅韓弱魏⑤，破燕、趙，夷齊、楚，卒兼六國，虜其王，立秦為天子。罪一矣。地非不廣，又北逐胡貉⑥，南定百越⑦，以見秦之強。罪二矣。尊大臣，盛其爵位，以固其親。罪三矣。立社稷，修宗廟，以明主之賢。罪四矣。更剋畫文章⑧，平斗斛度量⑨，布之天下，以樹秦之名。罪五矣。治馳道⑩，興遊觀⑪，以見主之得意。罪六矣。緩刑罰，薄賦斂，以遂主得眾之心，萬民戴主，死而不忘。罪七矣。若斯之為臣者，罪足以死固久矣。上幸盡其能力，乃得至今，願陛下察之！」書上，趙高使吏棄去不奏，曰：「囚安得上書！」

（《史記・李斯列傳》）

【說文解字】

① 二世：秦二世胡亥，秦始皇之子。　高：趙高，為秦始皇掌管璽印文書的宦官，秦始皇在沙丘（今河北廣宗縣西北八里大平台）病死，趙高說服李斯，篡改始皇遺詔，立胡亥為帝。後又誣陷李斯，案治其獄，終於把李斯腰斬於咸陽。　案：審理。　丞相：李斯。

② 由：李由，李斯長子，時為三川郡守。

③ 榜（粵 pong³ 普 péng）掠：拷打。

④ 三十餘年：指李斯在秦任職三十餘年，並非作丞相三十餘年。

⑤ 脅韓弱魏：逼迫韓國，削弱魏國。

⑥ 胡貉（粵 mak⁶ 普 mò）：指北方少數民族。

⑦ 百越：指東南方少數民族。

⑧ 剋畫：指度量衡上的刻度。

⑨ 平：統一。　斗斛（粵 huk⁶ 普 hú）：測量容積的器具。　度量：測量長短輕重等的標準。

⑩ 馳道：供天子車馬馳驅的大道。

⑪ 遊觀：遊覽觀賞。

【白話輕鬆讀】

於是秦二世就讓趙高審理丞相李斯的案子，依法定罪，求索李斯與其子李由謀反的情況，將他們的親屬與賓客都捉拿起來。趙高審訊李斯，拷打千餘遍，李斯忍不住疼痛，冤屈地承認了自己的罪行。李斯之所以不自殺，是因為他相信自己的辯才，加之有功於秦，又實在沒有謀反之心，假使能夠上書自白，秦二世或許會醒悟過來赦免他。李斯於是從獄中上書說：「臣下擔任丞相以來，治理人民三十多年了。臣下趕上秦國土地尚狹隘之時。先王的時候，秦國土地不過方圓千里，士兵數十萬。臣下施展微薄的才華，謹慎地奉行法令，暗中派遣謀臣，給他們金玉寶物，讓他們遊說諸侯，又暗中整備甲胄兵器，加強政令法制，任勇武之人為官，推尊功臣，給他們高官厚祿，因此終於脅迫韓國、削弱魏國、擊敗燕國和趙國、攻滅齊國和楚國，最後吞併六國，俘虜他們的君王，立秦王為天子，這是我的第一條罪狀。此時秦地並非不廣闊，然而臣下又向北驅逐胡、貉各族，向南平定百越各族，以彰顯秦國的強大，這是我的第二條罪狀。尊重大臣，大大提高他們的爵位，使君主與大臣的關係得到穩固，這是我的第三條罪狀。建立社稷，修整宗廟，以顯示君主的賢德，這是我的第四條罪狀。更定刻度，統一度量衡，用文字標明傳佈於天下，以樹立秦的名聲，這是我的第五條罪狀。修治供天子車馬馳驅的大道，發起遊覽觀賞的舉動，以顯示君主志意的實現，這是我的第六條罪狀。減輕刑罰，降低稅賦，使君主得到人民擁護的願望得以滿足，天下百姓愛戴君主，即使死都不會忘記君主，這是我的第七條罪狀。像李斯我這樣作臣子的，有這些罪狀當然早就該死了。幸而皇上讓我盡力施展能力，這才能到今天，希望陛下能夠明察！」李斯的書信交上去，趙高讓官吏丟掉，沒有上奏，趙高說：「囚犯怎麼能上書呢！」

多思考一點

《諫逐客書》，首敘秦國歷代明君用客卿強秦之史事以為標榜，明確客卿對於秦國的巨大貢獻；再敘秦王採各國珍玩為己用之現實以為正反類比，指明逐客的錯誤；最後高談闊論，危言聳聽，得出逐客將危害國家安全的結論。整篇文章層次分明、語言犀利，談說上下古今如運諸指掌之中、揮灑自如，論辯臧否是非則步步緊逼、密不透風，非老吏真莫能為也。李斯「自負其辯」，確實不是虛言，這從其獄中上書亦可看出。

李斯的《諫逐客書》為秦王嬴政所採納，奠定了秦統一天下的基礎。隨後，李斯堅持施行郡縣制，乃至為了杜絕以古非今和鼓吹分封舊制，李斯提議秦始皇推行焚書政策，其對於秦王朝新制度的建立與穩固可謂不遺餘力。因此司馬遷在《李斯傳》後評論說：「人皆以斯極忠而被五刑死，察其本，乃與俗議之異。不然，斯之功且與周、召列矣。」可見，當時有人以為李斯是盡忠而死，司馬遷以為並非如此，否則其功則堪比西周初年的周、召二公了。以李斯比周公、召公，貌似不經，但是從建立新的帶有典型意義的統治秩序的角度來看，卻並非全無道理。

然而李斯畢竟被腰斬於市，秦二世而亡，胡亥不是成王，李斯也終非周公。李斯作上蔡郡小吏時，見廁中鼠之倉惶與倉中鼠之安逸而有悟，以為：「人之賢不肖譬如鼠矣，在所自處耳！」因此，他因為「詬莫大於卑賤，而悲莫甚於窮困」而西說秦王；又因為趙高說「聽臣之計，即長有封侯」、「釋此而不從，禍及子孫」而擁立胡亥。李斯一生以「倉中」自處，然而倉中廁中又豈有分別，不過一隻竊食偷生的老鼠而已。

《楚辭》

「楚辭」是以屈原所創作的《離騷》《九章》《九歌》等作品為主的一種興起於楚國的新詩體，上承《詩經》，下啟漢賦，西漢劉向等人搜集成編《楚辭》，東漢王逸為其作注。

屈原，名平，字原，主要活動於戰國後期的楚懷王、楚頃襄王時期，其傳記資料主要見於司馬遷《史記・屈原賈生列傳》。此處所選《卜居》，是「楚辭」中的一篇，舊說為屈原所作，但從明清以來多有懷疑，近現代學者多認為此篇為後人偽託。《卜居》在體裁上有異於《離騷》等作品，實際上是一篇押韻的散文，因此得以選入書中。

宋玉，生平不詳，主要活動於戰國後期楚頃襄王時期，據說曾師從屈原，是戰國後期重要的辭賦家。宋玉傳世的作品有《九辯》《風賦》《高唐賦》《神女賦》等。《對楚王問》一篇見於劉向《新序》，亦見於蕭統《文選》，文辭略異，《古文觀止》採納了較通行的《文選》中的文本。學者多懷疑此篇並非宋玉所作，有可能是後人託名的作品。

卜居

屈原既放[1]，三年不得復見。竭智盡忠，而蔽障於讒[2]，心煩慮亂，不知所從。乃往見太卜鄭詹尹[3]曰：「余有所疑，願因先生決之。」詹尹乃端策拂龜[4]曰：「君將何以教之？」

屈原曰：「吾寧悃悃款款[5]，樸以忠乎，將送往勞來，斯無窮乎？寧誅鋤草茆以力耕乎[6]，將遊大人以成名乎？寧正言不諱以危身乎，將從俗富貴以偷生乎？寧超然高舉以保真乎，將哫訾慄斯、喔咿嚅唲以事婦人乎[7]？寧廉潔正直以自清乎，將突梯滑稽、如脂如韋，以絜楹乎[8]？寧昂昂若千里之駒乎？將氾氾若水中之鳧乎[9]，與波上下，偷以全吾軀乎？寧與騏驥亢軛乎[10]，將隨駑馬之跡乎？寧與黃鵠比翼乎[11]，將與雞鶩爭食乎[12]？此孰吉孰凶，何去何從？世溷濁而不清，蟬翼為重，千鈞為輕；黃鐘毀棄[13]，瓦釜雷鳴[14]；讒人高張，賢士無名。吁嗟默默兮，誰知吾之廉貞？」

詹尹乃釋策而謝曰：「夫尺有所短，寸有所長，物有所不足，智有所不明，數有所不逮[15]，神有所不通。用君之心，行君之意。龜策誠不能知此事。」

【說文解字】

①放：流放。
②蔽障：遮蔽阻隔。
③太卜：卜筮之官。 鄭詹尹：人名。
④端：端正、擺正。 策：卜筮用的蓍草。 拂：拂去塵土。 龜：占卜用的龜甲。
⑤悃悃（粵kwan^{2} 普kǔn）款款：竭誠盡忠的樣子。
⑥茆（粵maau^{5} 普máo）：通「茅」。
⑦促（粵zuk^{1} 普zú）訾（粵zi^{2} 普zǐ）栗斯：阿諛奉承、猥瑣諂媚的樣子。 喔咿嚅唲（粵ji^{4} 普ér）：強顏歡笑的樣子。
⑧突梯滑稽：語言圓滑、巧於應對。 如脂如韋：像油脂一樣滑膩、像熟牛皮一樣柔順。 絜（粵kit^{3} 普xié）楹：測量圓柱，比喻周旋應酬。
⑨氾：浮游不定。 鳧：野鴨子。
⑩騏驥：良馬。 亢軛：舉軛，指並駕齊驅。
⑪黃鵠（粵huk^{6} 普hú）：大鳥名。
⑫鶩（粵mou^{6} 普wù）：鴨子。
⑬黃鐘：古樂十二律之一，此處指符合樂律的鐘類樂器。
⑭瓦釜：陶土做的鍋。
⑮數：指卜筮。

【白話輕鬆讀】

屈原被流放後，三年不能見到楚王。他竭智盡忠，卻被小人讒言離間，心煩意亂之下，不知如何是好。於是屈原去問太卜鄭詹尹：「我心中很是困惑，希望先生能幫我定奪。」鄭詹尹擺好蓍草、拂淨龜甲，回答說：「不知先生有何見教？」

屈原說：「我是應該傾盡心曲、質樸忠誠呢？還是迎來送往，周旋無已呢？我是應該鋤草耕田，努力勞作呢？還是遊說權貴以求聲名呢？我是應該直言不諱、無所顧忌乃至危及自身呢？還是隨俗俯仰、追求富貴從而苟且偷生呢？我是應該飄然隱遁以保持真性呢？還是阿諛奉承、強顏歡笑去服侍婦人呢？我是應該廉潔正直，保持清高呢？還是圓滑善辯、柔順取媚呢？我是應該昂揚不群如千里馬呢？還是像野鴨一樣，隨波逐流，與世浮沉，保全性命呢？我是應該與騏驥並駕齊驅呢？還是追隨駑馬的足跡呢？我是應該在天上與黃鵠比翼齊飛呢？還是在地下與雞鴨爭食呢？這樣的兩種選擇，到底誰吉誰凶，我又該何去何從呢？現在的世界黑白顛倒、一片渾濁：蟬翼之薄以為重，千鈞之重以為輕；合律之銅鐘遭毀棄，喑啞的瓦鍋反雷鳴；小人竊位氣焰高漲，賢士沉淪藉藉無名。唉，世上誰在乎這些呢，又有誰知道我的廉潔忠貞呢？」

鄭詹尹聽完此話，放下蓍草，辭謝屈原說：「一尺雖長，亦有短缺之時；一寸雖短，不乏富餘之事；世物總有不足，智力亦有局限，占卜並非萬能，神明也會失靈。請遵從你的內心，按照你的意願去做吧，龜策實在是難以給出結論。」

經典延伸讀

《卜居》者，屈原之所作也。屈原體忠貞之性而見嫉妒，念讒佞之臣，承君順非而蒙富貴，己執忠正而身放棄，心迷意惑，不知所為，乃往至太卜之家，稽問神明，決之蓍龜，卜己居世何所宜行，冀聞異策，以定嫌疑，故曰卜居也。

（王逸《楚辭章句 • 卜居序》）

子之必孝，臣之必忠，此不待卜而可知也。其所當為，雖凶而不可避也。故曰：「欲從靈氛之吉占兮，心猶豫而狐疑。」又曰：「用君之心，行君之意，龜策誠不能知此事。」善哉！屈子之言，其聖人之徒歟！

（顧炎武《日知錄》卷一《卜筮》）

【白話輕鬆讀】

《卜居》，是屈原所作。屈原按照自己忠貞的本性行事，而被嫉妒。想到那些讒佞之臣，奉承君主旨意、順從錯誤決定而得享富貴，自己抱持忠誠正直之心反被放逐，屈原心意迷惑，不知要幹甚麼。於是屈原到太卜家中去，求問神明，讓蓍草、龜甲給自己決定，占卜自己生活在世間到底應該怎麼做，希望能夠得到不同的意見，以解決自己心中的疑慮。因此這篇文章叫做《卜居》。

作兒子的一定要孝順，作臣子的一定要忠誠，這是不需要等待占卜就能知道的。一個人應該做的事，即使兇險也不能迴避。因此說：「想要聽從靈氛吉利的占卜，但是心中卻遲疑而猶豫。」又說：「遵從你的內心，按照你的意願去做吧，龜策實在是難以給出結論。」好啊！屈子的話。他一定是聖人之類的人吧？

多思考一點

無論是屈原自述其情，抑或是後人虛構其事，《卜居》總是一篇發憤的佳作，明人以為其「語義太膚」，實屬淺見。

《卜居》中的屈原，與《楚辭》中的屈原形象一脈相承，他們共同塑造出一個孤高卓絕的靈魂。這一靈魂在內心的純潔與外界的渾濁之間苦苦掙扎，而求神問卜的舉動，本身已經是對妥協的拒絕。當此之時，答案已經確定，疑惑不再存在，文中正反相對的排比句早已超越了選擇的意向。鬱憤排山倒海，傾瀉而出，目的只有一個，就是對庸俗人間的蔑視。屈原的高潔是絕對的，這對於屈原來說無疑是場悲劇。我們相信屈原自沉汨羅的傳說，為的是給自己一個安放靈魂的場所。如今，人間還是人間，靈魂是否已從水中爬上岸來了呢？

王逸以為屈原「心迷意惑，不知所為」，實在是表面之論。忠孝之目雖涉迂腐，但是讀出「用君之心，行君之意，龜策誠不能知此事」的深意，顧炎武可謂解人。

宋玉對楚王問

楚襄王問於宋玉曰①：「先生其有遺行與②？何士民眾庶不譽之甚也？」

宋玉對曰：「唯，然，有之。願大王寬其罪，使得畢其辭。客有歌於郢中者，其始曰《下里》、《巴人》③，國中屬而和者數千人④。其為《陽阿》、《薤露》⑤，國中屬而和者數百人。其為《陽春》、《白雪》⑥，國中屬而和者不過數十人。引商刻羽⑦，雜以流徵⑧，國中屬而和者不過數人而已。是其曲彌高，其和彌寡。

「故鳥有鳳而魚有鯤⑨。鳳凰上擊九千里，絕雲霓，負蒼天，足亂浮雲，翱翔乎杳冥之上，夫藩籬之鷃⑩，豈能與之料天地之高哉⑪！鯤魚朝發崑崙之墟⑫，暴鬐於碣石⑬，暮宿於孟諸⑭，夫尺澤之鯢⑮，豈能與之量江海之大哉！

「故非獨鳥有鳳而魚有鯤也，士亦有之。夫聖人瑰意琦行⑯，超然獨處，世俗之民，又安知臣之所為哉！」

【說文解字】

① 楚襄王：楚頃襄王，公元前298—前263年在位。

② 遺行：應該遺棄的行為，指不正當的行為。

③ 《下里》、《巴人》：楚國最通俗的歌曲名。

④ 屬（粵zuk1 普zhǔ）：連續，接續。

⑤ 《陽阿》、《薤露》：楚國稍高雅一些的歌曲

名。

⑥《陽春》、《白雪》：楚國高雅的歌曲名。

⑦引商刻羽：商、羽是古代音階名，引、刻是形容歌唱時對音符和唱腔作高超的修飾。

⑧雜以流徵（粵zi^{2} 普zhǐ）：徵也是古代音階名之一，夾有流動的徵音，形容歌唱技巧之高明。

⑨鯤：傳說中的大魚。

⑩鷃（粵aan^{3} 普yàn）：類似於鵪鶉的小鳥。

⑪料：忖度，估量。

⑫墟：大山。

⑬暴（粵buk^{6} 普pù）：顯露。　鬐（粵kei^{4} 普qí）：魚背鰭。　碣（粵kit^{3} 普jié）石：山名，在今河北昌黎縣西北仙台山。

⑭孟諸：藪澤名，在今河南商丘縣東北、虞城縣西北。

⑮鯢：小魚。

⑯瑰意琦行：奇偉獨特的思想與行為。

【白話輕鬆讀】

楚襄王向宋玉問道：「先生有甚麼不正當的行為嗎？為甚麼士人百姓那麼不稱讚你呢？」

宋玉回答說：「是，沒錯，有這樣的事，希望大王能寬恕我的罪行，讓我能夠把話說完。有人在京城中唱歌，一開始唱《下里》《巴人》，京城中接續着唱的有幾千人；後來他又唱《陽阿》《薤露》，京城中接續着唱的有幾百人；後來唱《陽春》《白雪》，京城中接續着唱的不過幾十人；他最後唱出長長的商音、經過修飾的羽音並夾雜着流動的徵音，京城中接續而唱的不過幾個人罷了。這表明曲調越是高超，唱和的人越少。

「因此鳥類中有鳳凰而魚類中有鯤。鳳凰高飛九千里，穿越雲霓，背負蒼天，足爪攪亂浮雲，在極遠的天空中翱翔。那在籬笆之間起落的鷃鳥，怎麼能和鳳凰一樣去忖度天地的高遠呢！鯤魚早上從崑崙山出發，在碣石顯露自己的背鰭，晚上在孟諸休息。那一尺深的水沼裏的小魚，怎麼能和鯤魚一樣去量度江海的深廣呢！

「因而並非只有鳥中有鳳凰、魚中有鯤，士人中也有那樣傑出的人。聖人思想卓絕行為奇偉，超越世間獨立不群，世俗中的老百姓，又怎知我的所為呢！」

經典延伸讀

北冥有魚①，其名為鯤。鯤之大，不知其幾千里也。化而為鳥，其名為鵬。鵬之背，不知其幾千里也。怒而飛，其翼若垂天之雲。是鳥也，海運則將徙於南冥②。南冥者，天池也。

《齊諧》者，志怪者也。《諧》之言曰：「鵬之徙於南冥也，水擊三千里，摶扶搖而上者九萬里③，去以六月息者也。」野馬也④，塵埃也，生物之以息相吹也。天之蒼蒼，其正色邪？其遠而無所至極邪？其視下也，亦若是則已矣。

蜩與學鳩笑之⑤，曰：「我決起而飛⑥，搶榆枋⑦，時則不至，而控於地而已矣⑧，奚以之九萬里而南為⑨？」適莽蒼者⑩，三飡而反⑪，腹猶果然⑫；適百里者，宿舂糧⑬；適千里者，三月聚糧。之二蟲又何知！

（《莊子・逍遙遊》）

【說文解字】

① 冥：海。

② 海運：海動，舊說海動必有大風，鵬鳥將借風勢飛向南海。

③ 摶（粵 tyun⁴ 普 tuán）：盤旋，迴旋。　扶搖：從下而上的大風。

④ 野馬：春天野外林澤中的霧氣，遠望如奔馬，故稱野馬。

⑤ 蜩（粵 tiu⁴ 普 tiáo）：蟬。　學鳩：小鳥。

⑥ 決（粵 hyut³ 普 xuè）：一下子，迅疾的樣子。

⑦ 搶（粵 coeng¹ 普 qiāng）：碰到。　榆枋（粵 fong¹ 普 fāng）：榆樹和檀樹。

⑧ 控：投，落。

⑨ 奚：疑問詞，何。

⑩ 適：往，去。　莽蒼：郊野。

⑪ 飡（粵 caan¹ 普 cān）：同「餐」。

⑫ 果然：飽，充實的樣子。

⑬ 舂（粵 zung¹ 普 chōng）：用杵和臼搗去穀物的外殼。

【白話輕鬆讀】

北海有一種魚，牠的名字叫做鯤。鯤的巨大，不知道有幾千里。鯤變化成鳥，牠的名字叫做鵬。鵬的背，不知道有幾千里。鵬鳥奮飛，牠的翅膀如同掛在天空上的雲彩。這種鳥，海動時將飛向南海。南海，就是天池。《齊諧》，是記錄奇異事物的書。《齊諧》中說：「鵬鳥飛向南海，翅膀扇起綿延三千里的水浪，順着從下而上的大風盤旋飛上九萬里的高空。鵬鳥飛翔六個月才會休息。」野外的霧氣，空中的塵埃，都是生物用氣息相互吹拂的結果。天色深藍，是它原本就是這種顏色呢？還是因為它的遙遠，望不到盡頭呢？鵬鳥看下面，也像這樣罷了……

蟬與小鳥笑話鵬鳥，說：「我一下子飛起來，碰到榆樹檀樹就停下，有時飛不到樹上，不過落在地上就是了，為甚麼要飛到九萬里的高空再向南飛呢？」去郊外的人，帶着三頓飯的糧食，回來後肚子裏面依然飽飽的。去百里遠的人，頭一天晚上就要開始舂米備糧。去千里遠的人，要用三個月積聚糧食。這兩隻小蟲又知道甚麼呢？

多思考一點

宋玉對楚王問一段，着實體現出屈原之後楚國辭賦家「從容辭令」之特徵。其答語順承逆推，用看似海闊天空的寓言代替針鋒相對、呶呶不休的辯解，化實為虛，最後點睛一筆，舉重若輕，至以聖人自居，虛空落地，盡顯狂狷本色，又不失風度翩翩。

文中所用譬喻，是從《莊子》中借用過來的。莊子鯤鵬之喻，本為説明大小異趣，各從所止，安其天性，則為逍遙。《對楚王問》的作者借用來表明小不知大、近不知遠的淺識陋見。莊子出世，故見小大之同。《對楚王問》的作者入世，故顯小大之異。同樣的比喻，用在不同的語境和思想背景中，竟有如此分別。沒有分別的是，無論莊子還是此文作者，都是特立獨行之士。出世也好，入世也罷，能保持本真、拒絕庸俗的人，都是值得尊敬的吧。

《史記》

司馬遷（約公元前145—前86），字子長，左馮翊夏陽（今陝西韓城）人。漢武帝元封三年（前108）繼其父司馬談任太史令，太初元年（前104）開始編著《史記》，後因替投降匈奴的李陵辯護，遭受腐刑，出獄後改任中書令，發憤著書，到征和二年（前91）《史記》基本完成。

《史記》是中國第一部通史，記事起於黃帝，迄於漢武帝太初年間。《史記》開創了紀傳體史書的先河，全書共一百三十卷，包括本紀十二篇，表十篇，書八篇，世家三十篇，列傳七十篇。《史記》不僅是一部史學名著，也是一部文學名著，其中體現了司馬遷傑出的思想觀點。

游俠列傳序

韓子曰①：「儒以文亂法，而俠以武犯禁。」二者皆譏，而學士多稱於世云。至如以術取宰相、卿大夫，輔翼其世主，功名俱著於春秋，固無可言者。及若季次、原憲②，閭巷人也，讀書懷獨行君子之德，義不苟合當世，當世亦笑之。故季次、原憲終身空室蓬戶③，褐衣疏食不厭④。死而已四百餘年，而弟子志之不倦⑤。今游俠，其行雖不軌於正義⑥，然其言必信，其行必果，已諾必誠，不愛其軀，赴士之阨困，既已存亡死生矣⑦，而不矜其能，羞伐其德⑧，蓋亦有足多者焉。

且緩急，人之所時有也。太史公曰：昔者虞舜窘於井廩⑨，伊尹負於鼎俎⑩，傳說匿於傅險⑪，呂尚困於棘津⑫，夷吾桎梏⑬，百里飯牛⑭，仲尼畏匡⑮，菜色陳、蔡。此皆學士所謂有道仁人也，猶然遭此菑⑯，況以中材而涉亂世之末流乎？其遇害何可勝道哉！

鄙人有言曰：「何知仁義，已饗其利者為有德⑰。」故伯夷醜周⑱，餓死首陽山，而文、武不以其故貶王，跖、蹻暴戾⑲，其徒誦義無窮。由此觀之⑳，「竊鉤者誅，竊國者侯；侯之門，仁義存」，非虛言也。

今拘學或抱咫尺之義，久孤於世，豈若卑論儕俗㉑，與世浮沉而取榮名哉？而布衣之徒，設取予、然諾，千里誦義，為死不顧世，此亦有所長，非苟而已也。故士窮窘而得委命，此豈非人之所謂賢豪間者邪？誠使鄉曲之俠，予季次、原憲比權量力[22]，效功於當世，不同日而論矣。要以功見言信，俠客之義又曷可少哉？

古布衣之俠，靡得而聞已。近世延陵、孟嘗、春申、平原、信陵之徒[23]，皆因王者親屬，借於有土卿相之富厚，招天下賢者，顯名諸侯，不可謂不賢者矣。此如順風而呼，聲非加疾，其勢激也。至如閭巷之俠，修行砥名，聲施於天下[24]，莫不稱賢，是為難耳。然儒墨皆排擯不載[25]。自秦以前，匹夫之俠，湮滅不見，余甚恨之。以余所聞，漢興有朱家、田仲、王公、劇孟、郭解之徒[26]，雖時扞當世之文罔[27]，然其私義，廉潔退讓，有足稱者。名不虛立，士不虛附。至如朋黨宗強[28]，比周設財役貧[29]，豪暴侵淩孤弱，恣欲自快，游俠亦醜之。余悲世俗不察其意，而猥以朱家、郭解等令與豪暴之徒同類而共笑之也[30]。

【說文解字】

① 韓子：韓非，戰國時韓國公子，與李斯俱從學於荀子，後為李斯所害，是戰國法家的代表人物。後面所引兩句見《韓非子・五蠹》。

② 季次：孔子弟子公皙哀，字季次。 原憲：孔子弟子原憲，字子思。

③ 蓬戶：編蓬蒿為門。

④ 褐衣：粗布衣服。 疏食：粗糧。

⑤ 志：懷念。

⑥ 軌：遵循，依照。

⑦ 存亡死生：使亡者存，使死者生，解救危難之意。

⑧ 伐：誇耀。

⑨ 虞舜窘於井廩：舜的父親瞽叟想要殺害舜，讓舜去粉刷倉廩，瞽叟從下縱火焚燒。後又讓舜挖井，瞽叟則從上覆蓋土石。

⑩ 伊尹負於鼎俎：伊尹是有莘氏女子的陪嫁小臣，充當廚師，背負鼎和砧板，用烹飪之術去遊說商湯。

⑪ 傅說（粵 jyut^{6} 普 yuè）匿於傅險：傅說曾是刑徒，在傅巖（即傅險，今山西平陸縣東）築牆，後被商王武丁發現，委以重任。

⑫ 呂尚困於棘津：呂尚即姜太公。傳說姜太公七十歲時曾在棘津（今河南延津縣東北）販賣食物。

⑬ 夷吾桎梏：夷吾即管仲。桎梏即腳鐐手銬。管仲輔佐公子糾與齊桓公爭位失敗，為齊桓公所囚。

⑭ 百里飯牛：百里即百里奚。飯牛即餵牛。據說百里奚被秦穆公重用之前曾為人餵牛。

⑮ 仲尼畏匡：孔子到匡地（今河南睢縣西），因為貌似陽虎而被匡人圍攻。後來孔子在陳國和蔡國之間又被二國之人圍困，因絕糧而面有菜色，故下句說「菜色陳蔡」。

⑯ 菑（粵 zoi^{1} 普 zāi）：通「災」。

⑰ 饗（粵 hoeng^{2} 普 xiǎng）：通「享」，享用，享受。

⑱ 伯夷醜周：伯夷、叔齊以周武王伐商為醜惡、恥辱。

⑲ 跖（粵 zek^{3} 普 zhí）蹻（粵 goek^{3} 普 jué）暴戾：跖即盜跖，蹻即莊蹻，皆為大盜。

⑳ 由此觀之：下面所引出自《莊子・胠篋》，原文作「彼竊鉤者誅，竊國者為諸侯。諸侯之門，而仁義存焉。」

㉑ 儕（粵 caai^{4} 普 chái）俗：隨俗。

㉒ 予：同「與」。

㉓ 延陵：春秋時吳國公子季劄。　孟嘗：戰國

時齊國公子田文。　春申：戰國時楚國相國黃歇。　平原：戰國時趙國公子趙勝。　信陵：戰國時魏國公子無忌。

㉔ 施（粵ji^{6} 普yì）：延及，普及。

㉕ 擯（粵ban^{3} 普bìn）：拋棄，排除。

㉖ 朱家、田仲、王公、劇孟、郭解之徒：這些人就是司馬遷所謂的「游俠」，其事跡被記載在《游俠列傳》中。

㉗ 扞（粵hon^{6} 普hàn）：觸犯。　文罔：即法網。

㉘ 朋黨：因私利結合在一起的集團。　宗強：宗族中勢力最大的家族，宗族首領。

㉙ 比（粵bei^{6} 普bì）周：勾結。設財役貧：使用財富役使窮人。

㉚ 猥：錯誤地。

【白話輕鬆讀】

韓非子說：「儒生以詩書禮樂擾亂法律，而俠客則以武力違反禁令。」儒生與俠客都是批評譏刺的對象，然而飽學之士卻多為世間稱道。至於那些以某種技藝取得宰相、卿大夫的職位，輔佐他們的君主，功績名聲都記錄在史書當中的人，實在沒有甚麼可說的。而像季次、原憲這樣里巷中的平民，讀書而懷抱着特立獨行的君子的品德與志向，堅持信念不肯苟合於當世，當世之人也笑話他們。因此，季次、原憲終身居住在敝陋的房子中，粗衣惡食而不厭倦。他們已經死了大約四百年了，然而他們的後世弟子依然懷念他們，沒有懈怠。而今日的游俠，他們的行為雖然不合規則，但是他們說話一定守信用，做事一定會完成，已經許下的諾言一定真正實現，不吝惜自己的生命，奔赴別人的危險與困難，已經解救了危難，卻不自負功勞，羞於誇耀德行，實在是值得稱讚。

況且危急的情況，是人們時常會遇到的。太史公說：從前虞舜困於井中和倉廩之上，伊尹背負鼎和砧板充當廚師，傅說藏匿於傅巖，呂尚受困於棘津，管仲帶着刑具，百里奚餵牛，孔子被匡人圍攻，又被困於陳蔡之間乃至絕糧。這都是那些飽學之士所說的有道的仁人，依然遭遇到這樣的災禍，更何況那些能力一般而又經歷亂世的無名之輩呢？他們遭遇的禍患怎麼能說得過來呢！

俗話說：「誰知道甚麼仁義，給過我利益的人就是有德。」所以伯夷反對周朝，餓死在首陽山上，但是周文王、周武王不因此而名望受損；盜跖和莊蹻兇惡，但是他們的手下卻無盡地歌頌他們的仁義。由此看來，「偷竊鈎子的人被殺掉，偷竊國家的人封為侯；封侯的人家，就是仁義所在」，這並非是瞎話。

如今固執的學者或者懷抱着一己的信念，長久地孤立於世間，怎如隨俗從眾、與世浮沉而博取顯赫的名聲呢！而那些無官無爵的平民，樹立獲得和施與以及實現諾言的原則，不論去多遠都秉承自己的道義，為之犧牲而不顧念生命，這也有他的長處，不是苟且敷衍。因此士人窮困窘迫時得以託付性命，這難道不是人們所說的賢人和豪傑麼？如果真讓民間的俠客，與季次、原憲比較處事之才能與行事之能力以及對於現實的功效，二者是不可同日而語的。如果以顯現功效、實現諾言來要求，俠客的道義又怎麼能缺少呢！

古代的平民俠客，已無從聽聞了。近世的吳公子季劄、孟嘗君田文、春申君黃歇、平原君趙勝、信陵君無忌等人，都因為是君王的親屬，他們藉助於自己有封地而又居卿相高位，財富眾多，招攬天下賢士，名聲彰顯於諸侯，不能說不是賢人。就像順風呼喊，聲音並沒有變得更迅疾，然而藉助風勢卻傳播得更遠。至於民間俠客，修養自己的品行，砥礪自己的名節，名聲遍及天下，沒有人不稱頌他的賢良，這才是困難的事。但是儒家、墨家都摒棄他們不予記載。秦代以前的平民俠客，埋沒無聞，我對此非常遺憾。根據我所聽說的，漢代興起以來有朱家、田仲、王公、劇孟、郭解等人，雖然時常觸犯當世的法令，但是他們的個人道義，廉潔退讓，有值得稱道的地方。他們的名聲不是憑白無故，士人對他們的依附也不是沒有根由。至於朋黨之人與強宗大族，相互勾結運用財富役使窮人，強力暴虐欺侮孤兒弱小，放縱自己的慾望以追求自己的快樂，游俠也把他們當做恥辱。我痛惜世俗之人不能明辨二者的區別，錯誤地把朱家、郭解等人與那些強力暴虐的人當做同類而一起譏笑。

經典延伸讀

魯朱家者，與高祖同時①。魯人皆以儒教，而朱家用俠聞。所藏活豪士以百數，其餘庸人不可勝言。然終不伐其能，歆其德②，諸所嘗施，唯恐見之。振人不贍③，先從貧賤始。家無餘財，衣不完采④，食不重味⑤，乘不過軥牛⑥。專趨人之急，甚己之私。既陰脱季布將軍之厄⑦，及布尊貴，終身不見也。自關以東⑧，莫不延頸願交焉⑨。

（《史記‧游俠列傳》）

【説文解字】

① 高祖：漢高祖劉邦。

② 歆：欣喜。

③ 振：救濟，後寫作「賑」。贍：充足，富足。

④ 衣不完采：衣服上面沒有完好的色彩，指衣服樸素。

⑤ 食不重味：吃飯只吃一道菜，指吃得簡單。

⑥ 軥（粵 keoi4 普 qú）：車兩邊下伸反曲夾貼馬頸的部分。軥牛，指挽軥的小牛。漢代以牛車為賤，此處朱家乘牛車，以見其貧薄。

⑦ 既陰脱季布將軍之厄：楚漢相爭之際，季布為楚將，屢次圍困劉邦。漢朝建立以後，劉邦搜捕季布，季布藏匿在濮陽周氏之家，周

氏將季布化裝成犯人偷偷送到朱家處，朱家厚待季布，又為之遊說權貴，使季布被赦免。

⑧ 自關以東：從函谷關以東，函谷關在今河南靈寶市東北三十里。

⑨ 延頸：伸長脖子，表示殷切盼望。

【白話輕鬆讀】

魯國朱家，與漢高祖劉邦同時。魯國人都以儒術相教，而朱家因為俠義聞名。朱家所藏匿救助的豪傑數以百計，其餘的一般人則多得無法計算。但是朱家始終不誇耀他的本事，也不因自己的德行而自滿自喜，對於那些曾經被他施與恩惠的人，唯恐再去見他們。救濟困窮，先從貧賤的人開始。朱家的家裏沒有多餘的財物，身上穿的衣服沒有完好的色彩，吃的飯只有一道菜，乘坐的車最好的是牛車。朱家專門為他人的危急奔走，其急迫超過自己的私事。朱家暗中解脫了季布將軍的危難，等到季布尊貴以後，朱家卻終身不見他。從函谷關以東，人們沒有不伸長脖子希望與朱家結交的。

多思考一點

司馬遷對於游俠的評價是獨樹一幟的，之前韓非子說「俠以武犯禁」，之後荀悦說「立氣齊，作威福，結私交，以立強於世者，謂之游俠」，唯獨司馬遷認為「救人於厄，振人不贍，仁者有乎；不既信，不倍言，義者有取焉」（見《太史公自序》）。因此，司馬遷在《史記》中單獨給游俠列傳。

司馬遷在這篇列傳的序言中，分三個部分對「游俠」作出論述。首先，他指出韓非子對於儒、俠二者皆有譏刺，然而後世卻每多稱道儒士，而所稱道的儒士又分兩種：一種是高官顯宦，他們名列史冊，無須再去稱道；一種是獨行隱士，他們已經死去四百多年，言下之意是今日已無這樣高潔的君子，所有稱道無異於畫餅充飢。今日真正值得稱頌的正是所謂的「游俠」，這些游俠的特徵是「其行雖不軌於正義，然其言必信，其行必果，已諾必誠，不愛其軀，赴士之厄困，既已存亡死生矣，而不矜其能，羞伐其德」。

其次，司馬遷就游俠的實際功德展開討論。他指出人人皆有危難的時候，當此之時，惟有游俠能夠施以援手，而那些獨行君子除了保持自己的信念以外，並無助於扭轉局面。從實際功效來說，游俠的信念與道義當然比獨行君子更有意義。然而就如同盜跖與莊蹻一樣，由於游俠出身民間，地位低下，所以往往被描繪成窮兇極惡的匪徒，他們的道義無從傳播，因此才更要加以頌揚。

最後，司馬遷就游俠的出身與性質作出界定。他指出所謂「游俠」都是平民出身，他們絕不結黨營私、仗勢欺人，他們的聲望既不靠貴族的血統，也不靠宗族朋黨的勢力，而純粹依靠自身的俠義精神。只有這樣的人才稱得上「游俠」，而這些游俠，主要集中在秦漢之交。

司馬遷在這篇文章中用「閭巷」「鄉曲」「布衣」「匹夫」等字眼反復強調游俠的平民屬性，又突出其「赴士之厄困」的踐行特徵，顯然，司馬遷在努力彰顯來自於民間的關注於個體的人與其具體生存的道義和力量，以期與上層社會的權力運作形成對比，並與儒家事君、治世、修身的道德判然區別。司馬遷身居朝廷，卻游離於江湖，他對於近世游俠的推崇，字裏行間全是對現實中沽名釣譽和顛倒黑白的憤懣。然而他區分游俠與豪暴之徒的努力，則透露出一種宿命的悲涼，這種來自於民間的游俠精神必將在大一統的社會意識形態中異化與消沉。

直到清朝滅亡以後，司馬遷所推崇的游俠精神才被小說家們重新彰顯。時至今日，游俠已死，而算來季次、原憲那樣的獨行君子也死掉了兩千四百多年。

《漢書》

《漢書》一百二十卷，東漢班固所撰，記錄了從漢高祖劉邦至王莽二百多年間的西漢史事，是中國第一部紀傳體斷代史。

《武帝求茂才異等詔》，載於《漢書》卷六《武帝紀》，是漢武帝元封五年（前 106）的一封求才詔書。

武帝求茂才異等詔

蓋有非常之功，必待非常之人。故馬或奔踶而致千里①，士或有負俗之累而立功名②。夫泛駕之馬③，跅弛之士④，亦在御之而已。其令州郡察吏民有茂材異等可為將相及使絕國者⑤。

【說文解字】

① 奔踶（粵 dai^6 普 dì）：騎之則狂奔，立定則踢人。

② 負俗之累：被世俗譏刺貶損的過失。

③ 泛駕之馬：指難以馴服的烈馬。

④ 跅（粵 tok^3 普 tuò）弛之士：放縱不羈的人。

⑤ 茂材：即秀才，優秀的才華，為避漢光武帝劉秀的諱改「秀」為「茂」。　異等：超軼眾人。　絕國：絕遠之國。

【白話輕鬆讀】

大凡要建立不尋常的功業，就一定要依靠不尋常的人才。因此，有些馬狂奔踢人卻能奔跑千里，有些人被世俗貶損卻能建功立業。那些難以馴服的烈馬和放縱不羈的人才，只在如何去駕馭他們罷了。命令各州郡考察各級官吏和平民中有優秀才華、超軼眾人而可以充當將相以及出使絕遠之國的人才。

經典延伸讀

十五年春①，下令曰：「自古受命及中興之君，曷嘗不得賢人君子與之共治天下者乎！及其得賢也，曾不出閭巷②，豈幸相遇哉？上之人不求之耳。今天下尚未定，此特求賢之急時也。『孟公綽為趙、魏老則優，不可以為滕、薛大夫③』。若必廉士而後可用，則齊桓其何以霸世！今天下得無有被褐懷玉而釣於渭濱者乎④？又得無盜嫂受金而未遇無知者乎⑤？二三子其佐我明揚仄陋⑥，唯才是舉，吾得而用之。」

（《三國志・魏書・武帝紀》）

【說文解字】

① 十五年春：漢獻帝建安十五年，公元210年，曹操下令求賢，提出「唯才是舉」的選用標準。

② 曾（粵 zang1 普 zēng）：竟，乃。

③ 孟公綽為趙、魏老則優，不可以為滕、薛大夫：出自《論語・憲問》。孟公綽為魯大夫，孔子以為其人清心寡慾，因此說孟公綽若作晉國趙魏二家的家臣則綽綽有餘，因

為事少，若作滕、薛之類小國的大夫則不能勝任，因為事繁。曹操引此以表示人才有所長，則必有所短。

④被（粵pei^{1} 普pī）褐懷玉：身穿粗布衣服，懷中藏有寶玉，比喻懷才不遇或深藏不露者，此處特指姜太公。釣於渭濱：指姜太公垂釣於渭水之濱，後為周文王所重用。

⑤盜嫂受金而未遇無知者：典出《史記・陳丞相世家》。陳平通過魏無知歸附劉邦，劉邦重用之，周勃、灌嬰等人說陳平居家時與自己的嫂子私通、做官時接受賄賂，劉邦質問魏無知，魏無知說：「臣所言者，能也；陛下所問者，行也。今有尾生、孝己之行而無益處於勝負之數，陛下何暇用之乎？楚漢相距，臣進奇謀之士，顧其計誠足以利國家不耳。且盜嫂受金又何足疑乎？」此處曹操借用陳平事，指未被發現的行為上有污點的人才。

⑥二三子：猶言「諸君」，語出《論語》。明揚仄陋：明察薦舉埋沒於民間的人才，語出《尚書・堯典》。

【白話輕鬆讀】

建安十五年春，曹操下令：「古代接受天命建立王業以及中興王業的君主，哪裏有不獲得賢人君子與他們一塊兒治理天下的呢！至於他們獲得賢才，竟都來自民間，難道是幸運地遇到了麼？實際上是因為掌握權力的人沒有去求訪他們罷了。如今，天下還沒有安定，這更是訪求賢才的急迫時刻。『孟公綽作趙、魏二卿的家臣綽綽有餘，但不能作滕、薛二國的大夫』。如果必須是廉潔端方的人才可任用，那麼當時齊桓公怎麼能夠稱霸！如今，天下難道沒有身穿粗布衣服、懷中藏有寶玉而垂釣於渭水之濱的人麼？難道沒有私通嫂子、接受賄賂而沒有遇到魏無知的人麼？諸君輔助我明察薦舉那些埋沒於民間的人才，只要有才能就推薦，我可以獲得並任用他們。」

多思考一點

班固曾說漢武帝時「漢之得人，於茲為盛」，這與漢武帝確立薦舉人才的察舉制度密不可分。而漢武帝確實秉承「有非常之功，必待非常之人」的原則，公孫弘、卜式、桑弘羊、金日磾、衛青等重臣皆出身低賤卑微，而為漢武帝拔擢任用，遂成其功。

漢武帝一方面重視選拔人才，另一方面卻又恣意誅殺人才。據《資治通鑒》的記載，元狩三年（前 120），汲黯曾勸諫漢武帝不要輕易誅殺人才，漢武帝說：「何世無才，患人不能識之耳。苟能識之，何患無人？夫所謂才者，猶有用之器也。有才而不肯盡用，與無才同，不殺何施？」十四年後，漢武帝下詔求茂才異等，《古文觀止》少引了詔書之前的一句「名臣文武欲盡」。可見，漢武帝求之雖急，殺之亦易，人才之最終成為人才，先得學會生存。後世曹操對於人才的態度，與漢武帝頗為相似。曹操「唯才是舉」，甚至「不仁不孝而有治國用兵之術」者亦在所求之列，但是孔融、許攸、婁圭、崔琰、楊修等人，曹操亦必殺之而後快。

不拘一格地選用人才確實是一個值得尊重的原則。其實，人誰無才？漢武帝說得好：「亦在御之而已。」把合適的人放在合適的地方，一定可以發揮他最大的作用，但前提是必須承認和包容人才的多樣性與複雜性。龔自珍說「九州生氣恃風雷，萬馬齊喑究可哀。我勸天公重抖擻，不拘一格降人才」，這種迫切的心情，古今無二。

《後漢書》

《後漢書》紀傳九十卷，南朝宋范曄撰；志八篇三十卷，是從晉司馬彪所作《續漢書》中抽出補入的。《後漢書》記錄了從東漢光武帝至漢獻帝一百九十五年間的史事。《馬援誡兄子嚴敦書》，載於《後漢書・馬援傳》，所引文字略有改動。

馬援誡兄子嚴敦書

援兄子嚴、敦並喜譏議①，而通輕俠客②。援前在交阯③，還書誡之曰：「吾欲汝曹聞人過失如聞父母之名，耳可得聞，口不可得言也。好議論人長短，妄是非正法④，此吾所大惡也，寧死不願聞子孫有此行也。汝曹知吾惡之甚矣，所以復言者，施衿結縭⑤，申父母之戒，欲使汝曹不忘之耳。

「龍伯高敦厚周慎⑥，口無擇言⑦，謙約節儉，廉公有威，吾愛之重之，願汝曹效之。杜季良豪俠好義⑧，憂人之憂，樂人之樂，清濁無所失，父喪致客，數郡畢至。吾愛之重之，不願汝曹效也。效伯高不得，猶為謹敕之士，所謂刻鵠不成尚類鶩者也⑨；效季良不得，陷為天下輕薄子，所謂畫虎不成反類狗者也。訖今季良尚未可知，郡將下車輒切齒，州郡以為言，吾常為寒心，是以不願子孫效也。」

【說文解字】

① 援：馬援，字文淵，扶風茂陵人（今陝西興平東北），多謀略，善用兵，幫助光武帝劉秀平隗囂和西羌，又平交阯，封伏波將軍、新息侯。此篇誡兄子書，是馬援在交阯時寫給他哥哥馬余的兒子馬嚴和馬敦的，時在建武十八年（42）前後。

② 輕俠：輕生重義而勇於急人之難。

③ 交阯（粵 zi2 普 zhǐ）：泛指今五嶺以南地區，

包括越南北部。

④是非正法：「是非」此處是動詞，評判是非、議論對錯的意思。「是非正法」即議論時政。

⑤施衿結縭（粵 lei^4 普 lí）：衿是女子身上佩帶的五色絲繩。縭是女子身上的佩巾。古代女子出嫁，母親為其整理、佩帶好這些物品。此處用來比喻父母對子女的教訓。

⑥龍伯高：名述，京兆（今陝西西安）人，時為山都（今湖北襄陽縣西北）長。

⑦口無擇言：指人修養有素，張嘴說話無須斟酌去取，無不合乎禮儀規範。

⑧杜季良：名保，京兆人，時為越騎司馬。

⑨鵠：天鵝。鶩：鴨子。

【白話輕鬆讀】

馬援哥哥的兒子馬嚴、馬敦都喜歡譏刺議論，並結交輕俠之人。馬援以前在交阯的時候，寄信回來告誡他們說：「我希望你們聽到別人的過失就像聽到父母的名字一樣，耳朵可以聽聽，但是嘴裏不能去說。喜歡議論別人的優缺點，隨便議論時政的對錯，這是我最厭惡的，我寧死也不願意聽說子孫有這種行為。你們已經知道我非常厭惡這種行為了，我之所以再說這話，是因為就像父母在女兒出嫁時為她整理佩巾並一再告誡一樣，我希望能讓你們不忘記這些話罷了。

「龍伯高敦厚謹慎，說話合禮，謙遜節儉，廉潔公正有威嚴，我喜愛他敬重他，希望你們效仿他。杜季良豪俠好義，為別人的憂愁而擔憂，為別人的歡樂而快樂，君子小人都結交，給父親辦喪事邀請賓客，很多郡的人全都來參加，我喜愛他敬重他，但是不希望你們效仿他。學不好龍伯高，還可以成為一名小心恭謹的人，所謂雕刻天鵝不成功還可以像鴨子。學不好杜季良，就會墮落成輕薄的人，所謂畫老虎畫不像反而像狗了。至今杜季良終究如何還不知道，郡將剛到任就對他咬牙切齒，州郡的官員們都以此作為話柄，我常常為他感到寒心，因此不希望我家的子孫效仿他。」

經典延伸讀

若會酒坐，見人爭語，其形勢似欲轉盛，便當亟舍去之，此將鬥之兆也，坐視必見曲直，黨不能不有言①，有言必是在一人，其不是者方自謂為直，則謂曲我者有私於彼，便怨惡之情生矣……若見竊語私議，便舍起，勿使忌人也。或時逼迫，強與我共說，若其言邪險，則當正色以道義正之。何者，君子不容偽薄之言故也。一旦事敗，便言某甲昔知吾事。以宜備之深也…… 若人來勸，己輒當為持之②，勿誚勿逆也③，見醉薰薰便止，慎不當至困醉，不能自裁也。

（嵇康《家誡》）

【說文解字】

① 黨（粵tong2 普tǎng）：或者。

② 持：矜持，約束。

③ 誚（粵ciu3 普qiào）：責備。

【白話輕鬆讀】

如果遇到酒宴，看見人們爭論，氣氛似乎要變得激烈，就應當立刻離開那裏，這是將要爭鬥的預兆。坐在那裏看他們爭論一定會看到是非曲直，或者不能不說話，說話一定只能肯定一個人，那被否定的人正自己以為是正確的，就會說認為我沒道理的人偏袒對方，那麼怨恨的情緒就會產生了……如果看見有人在竊竊私語，就離開，不要讓他們產生猜忌。或者當時被逼迫，強迫我與他們交談，如果他們說的話邪惡陰險，那麼應當嚴肅地用道義去糾正他們。為甚麼呢？因為君子不容忍荒謬無根據的話。一旦他們事情敗露，就會說某人曾經知道我們的事，這是應當非常認真去防備的……如果別人來勸自己喝酒，就應當保持矜持，不要責備也不要拒絕，覺得半醉就停止喝酒，小心不要喝到爛醉不能自制。

多思考一點

伏波將軍馬援，以為「男兒要當死於邊野，以馬革裹屍還葬，何能臥牀上在兒女子手中邪」，而其教子則以「謹敕」為要。「竹林七賢」之一的嵇康，「每非湯武而薄周孔」，「剛腸疾惡、輕肆直言、遇事便發」，而其教子謹小慎微不憚瑣屑。可見，風波歷盡，人間最難，謹慎成為父輩最深刻的人生經驗。

然而今日之父，雖是往日之子，今日之子，卻尚未成為來日之父。因此，已有之經驗對於未有之經歷，其有效性是無從論證的。就如西哲所說西西弗的寓言一樣，人類注定要重蹈覆轍。古往今來的誡子書，永遠只是述志賦罷了。

最後還有一點需要指出，馬援此文一出，杜季良的仇人即以此為據上書揭發，於是杜季良被免官而龍伯高被提拔。「季良尚未可知」終於坐實，則出言真需謹慎，聽者之用心又怎可琢磨？

李密

李密（224—287），字令伯，犍為武陽（今四川彭山）人，一名虔。李密父早亡，母改嫁，由祖母劉氏撫養長大，以孝謹聞名。李密師事名儒譙周，年輕時仕蜀，屢次出使吳國，吳人稱其才辯。西晉武帝時，詔徵為太子洗馬。李密為奉養祖母，寫作《陳情表》推辭官職，祖母去世後才應詔出仕。傳見《晉書・孝友傳》。此篇《陳情表》選自《文選》，原來題作《陳情事表》。

陳情表

臣密言：臣以險釁①，夙遭閔凶②。生孩六月③，慈父見背④；行年四歲，舅奪母志⑤。祖母劉，湣臣孤弱⑥，躬親撫養。臣少多疾病，九歲不行。零丁辛苦，至於成立。既無伯叔，終鮮兄弟。門衰祚薄⑦，晚有兒息⑧。外無期功強近之親⑨，內無應門五尺之童，煢煢孑立⑩，形影相弔⑪。而劉夙嬰疾病⑫，常在牀蓐，臣侍湯藥，未嘗廢離。

逮奉聖朝，沐浴清化。前太守臣逵⑬，察臣孝廉；後刺史臣榮⑭，舉臣秀才。臣以供養無主，辭不赴命。詔書特下，拜臣郎中⑮，尋蒙國恩，除臣洗馬⑯。猥以微賤⑰，當侍東宮⑱，非臣隕首所能上報⑲。臣具以表聞，辭不就職。詔書切峻，責臣逋慢⑳；郡縣逼迫，催臣上道；州司臨門，急於星火。臣欲奉詔奔馳，則以劉病日篤；欲苟順私情，則告訴不許。臣之進退，實為狼狽。

伏惟聖朝以孝治天下㉑，凡在故老，猶蒙矜育㉒，況臣孤苦，特為尤甚。且臣少仕偽朝㉓，歷職郎署，本圖宦達，不矜名節㉔。今臣亡國賤俘，至微至陋，過蒙拔擢，寵命優渥㉕，豈敢盤桓㉖，有所希冀？但以劉日薄西山，氣息奄奄，人命危淺，朝不慮夕。臣無祖母，無以至今日；祖母無臣，無以終餘年。母孫二人，更相為命，是以區區不能廢遠㉗。臣密今年四十有四，祖母劉今年九十有六，是臣盡節於陛下之日長，報養劉之日短也。烏鳥私情㉘，願乞終養。

臣之辛苦，非獨蜀之人士及二州牧伯所見明知，皇天后土，實所共鑒。願陛下矜湣愚誠，聽臣微志。庶劉僥倖㉙，卒保餘年，臣生當隕首，死當結草㉚。臣不勝犬馬怖懼之情，謹拜表以聞。

【說文解字】

① 險釁：命運坎坷，罪孽深重。

② 夙：早。　閔凶：憂痛，不幸的事。

③ 孩：小兒笑。生孩六月，指生下來六個月。

④ 慈父見背：指父親去世。

⑤ 舅奪母志：舅父強迫母親改變守節的志向，指讓母親改嫁。

⑥ 湣（粵 man5 普 mǐn）：憐憫。

⑦ 門衰：門庭衰微。　祚（粵 zou6 普 zuò）薄：福淺，沒有福氣。

⑧ 息：兒子。

⑨ 期（粵 gei1 普 jī）：一年，指服喪一年。　功：服喪九個月叫「大功」，服喪五個月叫「小功」，古代喪期長短以親屬遠近為依據。　強（粵 koeng5 普 qiǎng）近之親：勉強接近的親戚。

⑩ 煢煢（粵 king4 普 qióng）：孤獨貌。　孑（粵 kit3 普 jié）立：孤單地站着，形容孤單。

⑪ 弔：慰問。

⑫ 嬰：纏繞。

⑬ 太守：郡長官。

⑭ 刺史：郡的上一級州的長官。

⑮ 郎中：西晉時的行政機構尚書諸曹司的長官。

⑯除：授予官職。　洗（粵 sin^{2} 普 xiǎn）馬：太子的侍從官，太子出行則為先驅。

⑰猥：謙辭。

⑱東宮：太子所居，指太子。

⑲隕首：墮首，掉頭，即殺身的意思。

⑳逋（粵 bou^{1} 普 bū）：拖延。　慢：怠慢。

㉑伏惟：趴在地上想，敬辭。

㉒矜育：憐憫存養。

㉓偽朝：指三國之蜀。

㉔不矜名節：不自負、自誇名節。

㉕優渥：優厚。

㉖盤桓：徘徊，此處指有意遷延不去做官。

㉗區區：自稱的謙辭。　廢遠：廢棄對祖母的奉養而遠離。

㉘烏鳥私情：烏鳥即烏鴉，傳說烏鴉反哺父母，因此用烏鴉來形容奉養父母。

㉙庶：表示希望和可能。

㉚結草：春秋時晉國大夫魏顆沒有把父親的寵妾殉葬，而是將其改嫁。後來秦晉作戰，有老人結草絆倒秦國的力士杜回，魏顆因而俘虜之，並獲得勝利。夜晚做夢，夢見老人即所改嫁的寵妾的父親，為了報答魏顆的恩情，故有此舉。後以「結草」指死後報恩。事見《左傳‧宣公十五年》。

【白話輕鬆讀】

臣李密上言：臣因為命運坎坷、罪孽深重，早歲遭遇不幸。生下來六個月，父親就去世了；長到四歲，舅父強迫母親改變守節的志向而改嫁。祖母劉氏，憐惜臣下孤單弱小，親自撫養我。臣下小的時候經常生病，九歲仍然不能行走。到成年以後依然孤苦伶仃。既沒有叔伯，也沒有兄弟。門庭衰微，福氣淺薄，年歲很大才有兒子。家外沒有近親，家裏沒有能夠分擔勞務的孩子，孤單得只有身和影相互慰問。而祖母劉氏一直被疾病纏繞，臥牀不起，臣下侍奉她吃藥，從來沒有停止和離開。

等到迎來聖明的晉朝，沐浴在清明的教化之中。先是犍為郡太守逵，考察並推舉臣下為「孝廉」；接着是益州刺史榮，推舉臣下為「秀才」。臣下因為無人供奉贍養祖母，推辭不去受命。朝廷特意降下詔書，任臣為郎中；接着又蒙受國家的恩賞，授臣太子洗馬之職。我這樣一個卑微低賤之人，得以侍奉太子，這樣的恩情，即使臣下殺身也無法報答。臣下曾將自己的想法與處境上書奏聞，推辭不敢就職。但是朝廷的詔書急迫嚴厲，責備臣下拖延怠慢；郡縣逼迫，催促臣下上路出發；州裏的長官也到家中催促，比星火還急。臣下想要遵從詔命賓士到任，然而祖母劉氏的病越來越嚴重；想要姑且按照我個人的意願去作，然而所報告的情況又不被允許。臣下的處境，實在是狼狽。

臣下伏在地上思索，聖明的晉朝以孝為準則治理天下，只要是屬於舊臣之列，尚且獲得憐憫與存養，更何況臣下之孤單困難，實在是特別嚴重。而且臣年輕的時候曾經擔任過偽蜀的郎官，本來是貪圖官爵，不曾自負名節。如今臣下是亡國的卑賤的俘虜，是最卑微最鄙陋的人，得到過分的提拔和優厚的恩寵，怎麼敢故意遷延，有其他的想法呢？只是因為祖母劉氏像太陽接近西山一樣，氣息短促，性命危險不能長久，早上熬過去不一定能撐到晚上了。臣下沒有祖母，無法到今天，祖母沒有臣下，無法度過餘年。我們祖孫二人，相依為命，所以臣下不能廢棄奉養而離開遠行。臣李密今年四十四歲，祖母劉氏今年九十六歲，這樣看來臣下為陛下盡臣子責任的日子還很長，而報答贍養劉氏的日子卻很短。臣下懷着烏鴉反哺的私心，乞求能讓我奉養祖母到底。

臣下的困難，不僅是蜀地的人以及梁、益二州的長官所見到並明白知道的，皇天后土，實在都能鑒察。希望陛下憐憫臣下淺陋的誠心，允許我卑微的志向。假使祖母劉氏僥倖，能夠最終保養餘年，臣下活着必會拼命報答，死後也會念恩結草。臣下滿懷畏懼之心，恭謹地上表奏聞。

經典延伸讀

李格非善論文章①，嘗曰：「諸葛孔明《出師表》，劉伶《酒德頌》，陶淵明《歸去來辭》，李令伯《陳情表》，皆沛然從肺腑中流出，殊不見斧鑿痕。是數君子，在後漢之末，兩晉之間，初未嘗以文章名世，而其意超邁如此，吾是知文章以氣為主，氣以誠為主。」故老杜謂之詩史者，其大過人在誠實耳。

（釋惠洪《冷齋夜話》卷三）

【說文解字】

① 李格非：字文叔，北宋文學家，濟南人。受知於蘇軾，曾作《洛陽名園記》。著名詞人李清照是他的女兒。

【白話輕鬆讀】

李格非善於評論文章，他曾經說：「諸葛亮的《出師表》、劉伶的《酒德頌》、陶淵明的《歸去來辭》、李密的《陳情表》，都是從肺腑中充沛地流出，根本看不出雕琢的痕跡。這幾位君子，生當後漢的末年，在兩晉的中間，本來不是憑藉文章聞名於世，而其文中所蘊含的意氣超邁卓絕如此，我因此知道文章以氣為主，而氣則以誠為主。」所以杜甫的詩被稱作「詩史」，遠遠超過別人，就是因為誠實吧。

多思考一點

既為上書，李密的《陳情表》不但要照顧「奏議宜雅」的典重，又必須行文謹慎，避免觸及新朝的忌諱，在這樣的前提下，要達到拒絕天子恩惠的目的，其難度可想而知。然而李密成功地解決了這些棘手的問題，其方法無非一個「誠」字而已，即李格非所謂「沛然從肺腑中流出」。讀「臣無祖母，無以至今日；祖母無臣，無以終餘年。母孫二人，更相為命，是以區區不能廢遠。臣密今年四十有四，祖母劉今年九十有六，是臣盡節於陛下之日長，而養劉之日短也」，明白如話家常，卻不失上下工整，文雖駢偶而義不支離，真情流露直指人心。所謂「文章以氣為主，氣以誠為主」，確為古今不刊之論。文章之妙就在有誠心而運真氣，古人的作品之所以超越今人，關鍵也許正在此處。

王羲之

王羲之（303—361），字逸少，琅琊臨沂（今屬山東）人，居會稽山陰（今浙江紹興）。官至右軍將軍、會稽內史，故世稱「王右軍」。《晉書》有傳。王羲之是東晉著名的文人，也是中國最著名的書法家，所作《蘭亭集序》是他與謝安、孫綽等四十餘人在蘭亭集會、流觴賦詩所編《蘭亭集》的序言。《蘭亭集序》不僅文字優美，更是中國書法藝術的瑰寶。

蘭亭集序

永和九年①，歲在癸丑。暮春之初，會於會稽山陰之蘭亭②，修禊事也③。群賢畢至，少長咸集。此地有崇山峻嶺，茂林修竹，又有清流激湍，映帶左右，引以為流觴曲水④，列坐其次，雖無絲竹管弦之盛，一觴一詠，亦足以暢敘幽情。是日也，天朗氣清，惠風和暢。仰觀宇宙之大，俯察品類之盛⑤，所以遊目騁懷，足以極視聽之娛，信可樂也⑥。

夫人之相與，俯仰一世，或取諸懷抱，晤言一室之內；或因寄所託，放浪形骸之外。雖取捨萬殊，靜躁不同，當其欣於所遇，暫得於己，快然自足，曾不知老之將至。及其所之既倦，情隨事遷，感慨繫之矣！向之所欣，俯仰之間，已為陳跡，猶不能不以之興懷，況修短隨化，終期於盡！古人云⑦：「死生亦大矣。」豈不痛哉！

每覽昔人興感之由，若合一契⑧，未嘗不臨文嗟悼，不能喻之於懷。固知一死生為虛誕⑨，齊彭、殤為妄作⑩，後之視今，亦猶今之視昔，悲夫！故列敘時人，錄其所述。雖世殊事異，所以興懷，其致一也。後之覽者，亦將有感於斯文。

【說文解字】

① 永和九年：永和是東晉穆帝司馬聃的年號，永和九年是公元 353 年。

② 會（粵 kui^{2} 普 kuài）稽：會稽郡，郡治所在今浙江紹興市。山陰：山陰縣，以在會稽山

之北得名，治所在今浙江紹興市。　蘭亭：亭址原在浙江紹興天柱山下鏡湖口，北宋後遷至紹興縣西南二十七里蘭渚山下。

③ 修禊（粵hai6 普xì）：古人於農曆三月上旬巳日到水邊洗濯祓除不祥，曹魏以後固定為農曆三月三日。

④ 流觴曲水：人們在環曲的水流旁宴集，在水的上游放置酒杯，酒杯隨水漂流，漂到誰的面前，誰就取飲。

⑤ 品類：指萬物。

⑥ 信：確實，的確。

⑦ 古人云：下所引見《莊子・德充符》所引孔子語。

⑧ 契：契約。

⑨ 一死生：把死和生混同在一起。

⑩ 齊彭、殤：將長壽的彭祖和早夭的殤子齊同。

【白話輕鬆讀】

永和九年癸丑，暮春三月之初，聚會於會稽郡山陰縣的蘭亭，舉行修禊活動。眾多賢人都來到此地，無論年長年少都集會於此。此地有崇山峻嶺、茂盛的樹林和修長繁密的竹叢，又有清澈湍急的溪流映照環繞在兩旁。引溪水作為流杯的曲水，大家依次坐在水邊，雖然沒有絲竹管弦演奏樂曲，但是喝一杯酒吟一首詩，也足以暢快地表達心中曲折的情思。這一天，天氣晴朗，空氣清新，風柔和清爽。抬頭看到宇宙的廣大，低頭感到萬物的興盛，因此縱目開懷，足以極盡耳目的娛樂，着實快活。

那人與人之間的相互交往，一俯一仰就是一生。有些人秉持內心，在一間屋子裏會面交談；有些人寄託於物，放縱於形體之外。雖然取捨各不相同，安靜與躁動並不一致，但是當他們欣喜於所遇見的，一時自得，歡快自足，竟不知道衰老將要到來。等到他們對所經歷的感到厭倦，情緒隨着事物的變化而變化，感慨就會跟着產生！從前所欣喜的，俯仰之間已經成為過去，尚不能不因其興起思緒，更何況生命的長短都由自然造化決定，最終不外一死！古人曾說：「死與生是很重大的啊。」這怎麼能不讓人感到傷痛呢！

每次看到從前的人感慨興起的緣由，都好像一張契約一樣相符合。我每次讀到那些文章的時候都會嗟歎悲悼，然而心中卻想不明白。我固然知道把死和生混同在一起是荒誕的，齊同彭祖和殤子也是虛妄的，後人看今天，也如同今人看昨天一樣，傷悲啊！因此依次敘述與會者，記錄下他們所寫的詩篇。雖然時事不同，但是所以興起感慨的緣由卻是一樣的。後代的讀者，對於此文也將會有所感動吧。

經典延伸讀

（王羲之）性愛鵝，會稽有孤居姥養一鵝①，善鳴，求市未能得，遂攜親友命駕就觀。姥聞羲之將至，烹以待之，羲之歎惜彌日。又山陰有一道士，養好鵝，羲之往觀焉，意甚悅，固求市之。道士云：「為寫《道德經》，當舉群相贈耳。」羲之欣然寫畢，籠鵝而歸，甚以為樂。其任率如此。

（《晉書・王羲之傳》）

【說文解字】

① 姥（粵 mou5 普 mǔ）：老婦。

【白話輕鬆讀】

（王羲之）生性喜愛鵝，會稽有獨居的老婦養有一鵝，善於鳴叫，王羲之想要買卻沒買成，於是就與親友一同駕車去觀賞。老婦聽說王羲之要來，就殺掉鵝做熟以等待他，王羲之為此歎息了一整天。山陰有一個道士，養有好鵝，王羲之去觀賞，心裏非常喜歡，一定要道士把鵝賣給他。道士說：「為我寫《道德經》，我就把整群鵝送給你。」王羲之很高興地寫完《道德經》，把鵝裝在籠子中帶回家，非常的快樂。王羲之的率性往往如此。

多思考一點

王羲之的《蘭亭集序》，前半段寫山水之美，清朗通透，眼界闊大，雖為散文，而餘韻悠長。後半段由山水轉入玄理，從人憂喜的變化引出對生死的感慨，指出莊子一死生、齊彭殤的觀點難以在現實中實現，從而隨任自性，直面時間的流逝，在其中感受生命的真確，王羲之還用超脫的眼光反觀自身，使現實生活抽離了具象的煩瑣而具有了藝術化、哲理化的內涵，生死的悲涼最終轉化為詩文與玄思的靈感，從而也具有了審美的素質。王羲之辭官之後，優遊山水，曾經歎道：「我卒當以樂死。」有心如此，方能有字如彼。魏晉風度，王羲之可為一宗。

陶淵明

陶淵明（約365—427），字元亮，或云名潛，字淵明，世稱「靖節先生」，潯陽柴桑（今江西九江）人。陶淵明「少有高趣，博學善屬文，穎脱不群，任真自得」，因家貧出任江州祭酒，不久辭職而歸，後又任鎮軍將軍參軍、建威將軍參軍，四十一歲時改任彭澤令，八十餘日即辭官而去，從此隱居。《宋書》《晉書》《南史》均入《隱逸傳》。

《五柳先生傳》是陶淵明的一篇自傳。文章採用了正史傳記的體裁，記述了自己的生活態度，簡捷飄逸，性情畢現，前人均謂為「實錄」。後世王績《五斗先生傳》、白居易《醉吟先生傳》等均仿此篇而作。

五柳先生傳

先生不知何許人也①，亦不詳其姓字。宅邊有五柳樹，因以為號焉。閒靜少言，不慕榮利。好讀書，不求甚解，每有會意，便欣然忘食。性嗜酒，家貧不能常得。親舊知其如此，或置酒而招之。造飲輒盡②，期在必醉，既醉而退，曾不吝情去留③。環堵蕭然④，不蔽風日，短褐穿結⑤，簞瓢屢空⑥，晏如也⑦。常著文章自娛，頗示己志。忘懷得失，以此自終。

贊曰⑧：黔婁有言⑨：「不戚戚於貧賤⑩，不汲汲於富貴⑪。」其言茲若人之儔乎⑫？銜觴賦詩，以樂其志，無懷氏之民歟⑬？葛天氏之民歟⑭？

【說文解字】

① 何許人：哪裏的人。

② 造：前往，去。

③ 曾（粵 zang1 普 zēng）：從來。 吝情：介意、措意。

④ 環堵：泛指狹小的房屋四壁。 蕭然：空蕩蕩，冷清。

⑤ 短褐：粗布短衣。 穿結：破爛，打補丁。

⑥ 簞（粵 daan1 普 dān）：盛飯的竹製器皿。

⑦ 晏如：安然自適。

⑧ 贊：紀傳體史書每篇傳記後往往有作者的評論性文字，稱為「贊」。

⑨ 黔婁：春秋時魯國的隱士。下所引據劉向

《列女傳》，實為黔婁之妻的話。

⑩ 戚戚：憂慮貌。

⑪ 汲汲：急切貌。

⑫ 儔（粵cau4 普chóu）：同輩，同伴。

⑬ 無懷氏：傳説中的上古帝王。據宋羅泌《路史》，當時之人「形有動作，心無好惡。雞犬之音相聞而民至老死不相往來」。歟（粵jyu4 普yú）：句末語氣詞，表疑問。

⑭ 葛天氏：傳説中的上古帝王。據宋羅泌《路史》，其時代在無懷氏之前，「其為治也，不言而自信，不化而自行，湯湯乎無能名之」。

【白話輕鬆讀】

先生不知道是哪裏人，也不清楚他的姓名。房子旁邊有五棵柳樹，因而以「五柳」為號。先生閒雅安靜，不愛説話，不羨慕榮華利祿。喜愛讀書，不追求過度的解釋。每有心得，便高興得忘記吃飯。先生生性愛喝酒，然而家中貧困不能經常有酒喝。親戚朋友知道他的愛好，有時準備好酒來邀請他。先生只要去喝酒就要把酒喝光，想着一定要喝醉，喝醉以後就回家，從不介意是否該走。先生的家四壁空空，難以擋風遮陽。先生穿的粗布短衣破舊不堪，日用經常缺乏，然而卻安然自適。先生經常以寫文章作為自己的娛樂，文章很能展現自己的志意。先生不把得失放在心裏，就這樣過了一生。

贊曰：黔婁曾說：「不憂愁貧賤，不渴求富貴。」他所說的，就是像先生這樣的人吧。叼着酒杯吟詠詩歌，內心因此而愉快，這是上古無懷氏時候的人呢，還是葛天氏時候的人呢？

經典延伸讀

故人賞我趣，挈壺相與至①。班荊坐松下②，數斟已復醉。父老雜亂言，觴酌失行次。不覺知有我，安知物為貴。悠悠迷所留，酒中有深味。

（陶淵明《飲酒》之十四）

子雲性嗜酒③，家貧無由得。時賴好事人，載醪祛所惑。觴來為之盡，是諮無不塞⑤。有時不肯言，豈不在伐國⑥。仁者用其心，何嘗失顯默⑦。

（陶淵明《飲酒》之十八）

【說文解字】

① 挈（粵kit³ 普qiè）：提。

② 班荊：鋪荊於地以為坐席，形容朋友相遇，相與暢談。語出《左傳・襄公二十六年》。

③ 子雲：揚雄，字子雲。

④ 載醪袪所惑：醪（粵lou⁴ 普láo），濁酒，此處泛指酒。袪（粵keoi¹ 普qū），除去。《漢書・揚雄傳贊》記載：（揚雄）家素貧，耆酒，人希至其門。時有好事者載酒餚從遊學。

⑤ 塞（粵sak¹ 普sè）：回答。

⑥ 有時不肯言，豈不在伐國：有時候不肯說話，是因為別人問征伐之事。《漢書・董仲舒傳》：「聞昔者魯君問柳下惠：『吾欲伐齊，何如？』柳下惠曰：『不可。』歸而有憂色，曰：『吾聞伐國不問仁人，此言何為至於我哉！』」

⑦ 顯默：說話與沉默，又引申為出仕與歸隱。

【白話輕鬆讀】

朋友讚賞我的興趣，提着酒壺來我這裏。鋪上荊枝坐在松下，幾杯過後就已喝醉。父老鄉親你言我語，敬酒罰酒來來回回。天地醉中不知有我，身外之物更無可貴。芸芸眾生惑於塵世，豈知酒中最有深味。

揚雄生平最愛喝酒，可惜沒錢無法買得。幸有遠客慕名而來，抬酒至門請除迷惑。但凡有酒一定喝光，只要疑問必然解說。有時不肯回答提問，只因問及戰爭邪惡。仁者之心時時在此，當言則言當默則默。

多思考一點

陶淵明《五柳先生傳》，短短一百七十餘字，凡九用「不」字，其人不知、不詳、不慕、不求、不吝情、不戚戚、不汲汲，絕緣俗世，飄然物外，陶然自在，安貧樂道，是真隱士，有真性情，得真樂趣，古今幾人能及？

《飲酒》組詩之十四和十八，可為此傳之註腳。「不覺知有我，安知物為貴」，「仁者用其心，何嘗失顯默」，守儒家之心，悟道家之性，酒中三昧，淵明獨知。

孔稚珪

孔稚珪（447—501），字德璋，會稽山陰（今浙江紹興）人。歷南朝宋、齊兩朝，官至太子詹事，加散騎常侍。孔稚珪風韻清疏，不樂世務，門庭之內，草萊不剪。《南齊書》《南史》有傳。

《北山移文》諷刺曾經隱居於北山、後又出仕的周顒。後周顒路經此山，孔稚珪仿照山神的口吻寫作此文拒絕周顒再來。北山，即鍾山，今南京紫金山。移文，本是古代政府文書的一種，此處含有調侃和諷刺的意味。

北山移文

鍾山之英，草堂之靈①，馳煙驛路，勒移山庭②。

夫以耿介拔俗之標，瀟灑出塵之想，度白雪以方潔，干青雲而直上，吾方知之矣。若其亭亭物表，皎皎霞外，芥千金而不盼③，屣萬乘其如脫④，聞鳳吹於洛浦⑤，值薪歌於延瀨⑥，固亦有焉。豈期終始參差，蒼黃反復，淚翟子之悲，慟朱公之哭⑦，乍回跡以心染，或先貞而後黷，何其謬哉！嗚呼！尚生不存⑧，仲氏既往⑨，山阿寂寥，千載誰賞？

世有周子⑩，俊俗之士；既文既博，亦玄亦史。然而學遁東魯⑪，習隱南郭⑫；竊吹草堂，濫巾北嶽⑬。誘我松桂，欺我雲壑。雖假容於江皋，乃纓情於好爵。

其始至也，將欲排巢父，拉許由⑭，傲百氏，蔑王侯，風情張日⑮，霜氣橫秋。或歎幽人長往⑯，或怨王孫不游⑰。談空空於釋部⑱，核玄玄於道流⑲。務光何足比⑳，涓子不能儔㉑。

及其鳴騶入谷㉒，鶴書赴隴㉓；形馳魄散，志變神動。爾乃眉軒席次，袂聳筵上㉔，焚芰制而裂荷衣㉕，抗塵容而走俗狀㉖。風雲淒其帶憤，石泉咽而下愴，望林巒而有失，顧草木而如喪。

至其紐金章㉗，綰墨綬㉘，跨屬城之雄㉙，冠百里之首，張英風於海甸㉚，馳妙譽於浙右㉛，道帙長擯㉜，法筵久埋㉝，敲撲喧囂犯其慮㉞，牒訴倥偬裝其懷㉟。琴歌既斷，酒賦無續。常綢繆於結課㊱，每紛綸於折獄㊲。籠張、趙於往圖㊳，架卓、魯於前錄㊴。希蹤三輔豪㊵，馳聲九州牧。使其高霞孤映，明月獨舉，青松落蔭，白雲誰侶？磵戶摧絕無與歸㊶，石逕荒涼徒延佇㊷。至於還飆入幕㊸，寫霧出楹㊹，蕙帳空兮夜鶴怨，山人去兮曉猿驚。昔聞投簪逸海岸㊺，今見解蘭縛塵纓。

於是南嶽獻嘲，北隴騰笑，列壑爭譏，攢峰竦誚㊻。慨遊子之我欺，悲無人以赴弔。故其林慚無盡，澗愧不歇，秋桂遣風，春蘿罷月，騁西山之逸議，馳東皋之素謁。

今又促裝下邑㊼，浪栧上京㊽。雖情投於魏闕㊾，或假步於山扃㊿。豈可使芳杜厚顏(51)，薜荔蒙恥(52)，碧嶺再辱，丹崖重滓(53)，塵游躅於蕙路(54)，污淥池以洗耳(55)。宜扃岫幌(56)，掩雲關，斂輕霧，藏鳴湍，截來轅於谷口，杜妄轡於郊端。於是叢條瞋膽(57)，疊穎怒魄(58)，或飛柯以折輪(59)，乍低枝而掃跡。請回俗士駕，為君謝逋客(60)。

【說文解字】

① 草堂：周顒隱居鍾山時建造並居住的草堂寺。

② 勒移山庭：把移文雕刻於山庭。

③ 芥千金而不盼：以千金為草芥而不視。典出《史記・魯仲連傳》。魯仲連幫助趙國退卻秦軍後，「平原君乃置酒，酒酣起前，以千金為魯連壽。魯連笑曰：『所謂貴於天下之士者，

為人排患釋難解紛亂而無取也。即有取者，是商賈之事也，而連不忍為也。』遂辭平原君而去，終身不復見」。

④屣（粵saai^{2} 普xǐ）萬乘其如脫：以天子之權位為鞋很輕易就可以脫掉。典出《淮南子・主術訓》：堯「年衰志憫，舉天下而傳之舜，猶卻行而脫屣也」。

⑤聞鳳吹於洛浦：在洛水邊上聽鳳凰鳴叫一樣的笙簫之聲，形容隱士與仙人往來。《列仙傳》：「王子喬者，周靈王太子晉也。好吹笙，作鳳凰鳴，游伊、洛之間，道士浮丘公接以上嵩高山三十餘年。」

⑥值薪歌於延瀨（粵laai^{6} 普lài）：在長河畔遇到樵夫唱歌，形容隱士與高士相往來。《文選》五臣注呂向曰：「蘇門先生遊於延瀨，見一人采薪，謂之曰：『子以終此乎？』采薪人曰：『吾聞聖人無懷，以道德為心，何怪乎而為哀也？』遂為歌二章而去。」

⑦豈期終始參差，蒼黃反復，淚翟子之悲，慟朱公之哭：終始參差指歧路，蒼黃反復指染絲，翟子指墨翟，朱公指楊朱。《淮南子・說林訓》：「楊子見逵路而哭之，為其可以南，可以北；墨子見染絲而泣之，為其可以黃，可以黑。」

⑧尚生不存：指東漢隱士尚長。《後漢書・逸民傳》作「向長」，云：「向長，字子平，河內朝歌人也。隱居不仕，性尚中和，好通老易，貧無資食，好事者更饋焉，受之，取足而反其餘。……建武中，男女娶嫁既畢，敕斷家事勿相關，當如我死也，於是遂肆意與同好北海禽慶俱遊五嶽名山，竟不知所終。」

⑨仲氏既往：指東漢仲長統。《後漢書・仲長統傳》：「仲長統，字公理，山陽高平人也。少好學，博涉書記，贍於文辭……統性俶儻，敢直言，不矜小節，默語無常，時人或謂之狂生。每州郡命召，輒稱疾不就。常以為凡遊帝王者，欲以立身揚名耳，而名不常存，人生易滅，優遊偃仰，可以自娛。欲卜

居清曠以樂其志……」

⑩周子：周顒，字彥倫，汝南安成（今河南汝南縣東南）人。周顒「音辭辯麗，出言不窮，宮商朱紫，發口成句。泛涉百家，長於佛理」，「兼善《老》《易》」，「清貧寡欲，終日長蔬食，雖有妻子，獨處山舍」，官至國子博士。《南齊書》有傳。

⑪學遁東魯：東魯指魯國隱士顏闔。事見《莊子・讓王》：「魯君聞顏闔得道之人也。使人以幣先焉。顏闔守陋閭，苴布之衣而自飯牛。魯君之使者至，顏闔自對之。使者曰：『此顏闔之家與？』顏闔對曰：『此闔之家也。』使者致幣。顏闔對曰：『恐聽者謬而遺使者罪，不若審之。』使者還反審之。復來求之，則不得已。故若顏闔者，真惡富貴也。」

⑫習隱南郭：南郭指南郭子綦，見《莊子・齊物論》：「南郭子綦隱几而坐，仰天而噓，嗒焉似喪其耦。」

⑬竊吹草堂，濫巾北嶽：用濫竽充數的典故來形容周顒冒充隱士，隱居於鍾山草堂。「濫竽充數」見《韓非子・內儲說上》。

⑭巢父、許由：傳說中堯時的隱士。晉皇甫謐《高士傳》：「堯又召為九州長，（許）由不欲聞之，洗耳於潁水濱。時其友巢父牽犢欲飲之。見由洗耳，問其故。對曰：『堯欲召我為九州長，惡聞其聲，是故洗耳。』巢父曰：『子若處高岸深谷，人道不通，誰能見子？子故浮游，欲聞求其名譽，污吾犢口。』牽犢上流飲之。」

⑮張（粵 zoeng^{3} 普 zhàng）曰：超過太陽，氣勢比太陽還高還大。

⑯幽人長往：指隱士隱居不出。潘岳《西征賦》：「悟山潛之逸士，卓長往而不反。」

⑰王孫不游：指貴族子弟不來歸隱。《楚辭・招隱士》：「王孫游兮不歸，春草生兮萋萋。」

⑱空空：指佛教教義。《智度論》四十六：「何等為空空，一切法空，是空亦空，是名空

空。」

⑲玄玄：指道家旨意。《老子》：「玄之又玄，眾妙之門。」

⑳務光：夏時的仙人。《文選》李善注引《列仙傳》曰：「務光者，夏時人也。耳長七寸，好琴，服蒲韮根。殷湯伐桀，因光而謀，光曰：『非吾事也。』湯得天下，已而讓光，光遂負石沉窾水而自匿。」

㉑涓子：齊國的仙人。《文選》李善注引《列仙傳》曰：「涓子者，齊人也。好餌術，隱於宕山，能風。」

㉒騶（粵zau^{1} 普zōu）：騎士，侍從。鳴騶即騎士侍從車馬喧嘩，形容朝廷的使者前來征招隱士。

㉓鶴書：即鶴頭書，是當時的一種字體，專門用來書寫朝廷的詔書。隴：通「壟」，高丘，山丘。

㉔袂（粵mai^{6} 普mèi）：衣袖。

㉕焚芰（粵gei^{6} 普jì）制而裂荷衣：芰即菱角，芰制、荷衣是用芰、荷製作的衣裳，用來形容隱士的高潔。《離騷》：「制芰荷以為衣兮，集芙蓉以為裳。」

㉖抗：舉。走：馳騁，奔走。

㉗紐：執、持。金章：銅印，指官印。

㉘綰（粵waan^{2} 普wǎn）：繫。墨綬：黑色的綬帶，用以掛印。

㉙屬（粵zuk^{1} 普zhǔ）城：相鄰近的各縣。

㉚海甸：濱海地區。據說此時周顒出任海鹽（今浙江海鹽）縣令。

㉛浙右：即錢塘江以北，海鹽縣在江北。

㉜帙（粵dit^{6} 普zhì）：盛書的書囊、書套。道帙泛指道家玄學類的書籍。擯（粵ban^{3} 普bìn）：拋棄。

㉝法筵：指佛教講經說法的講席。

㉞敲撲：敲擊，鞭笞。

㉟牒訴：文告訴訟。倥（粵hung^{2} 普kǒng）傯（粵zung^{2} 普zǒng）：繁忙迫促貌。

㊱綢（粵cau^{4} 普chóu）繆（粵mau^{4} 普móu）：

纏繞，糾結。　課：考核。

㊲紛綸：眾多貌，指忙碌。　折獄：判決訴訟、案件。

㊳籠：包舉，籠罩。　張、趙：指張敞與趙廣漢，西漢名臣，均曾做過京兆尹。　往圖：從前的圖畫。

㊴架：通「駕」，凌駕，超越。　卓、魯：指卓茂與魯恭，東漢循吏，均曾作過縣令。　前錄：從前的記錄。

㊵希蹤：希望追趕上。　三輔：西漢首都長安城由京兆尹、左馮翊、右扶風分別管理，是為三輔。

㊶磵：同「澗」。

㊷延佇：久立。《離騷》：「悔相道指不察兮，延佇乎吾將反。」

㊸飆（粵biu1 普biāo）：暴風，泛指風。

㊹寫（粵se3 普xiè）：通「瀉」，吐。

㊺昔聞投簪逸海岸：投簪指棄官。《文選》李善注以為此處用疏廣事。《漢書・疏廣傳》記載：疏廣字仲翁，東海蘭陵（今山東蒼山縣西南蘭陵鎮）人，官至太子太傅，其兄子受為太子少傅，後二人一起辭官歸鄉。

㊻攢（粵cyun4 普cuán）峰：聚集在一起的山峰。　竦：聳立。

㊼促裝：整備行李。　下邑：指海鹽縣。

㊽枻（粵jai6 普yì）：船槳。浪枻即蕩槳、划船。　上京：即當時的都城建康（今江蘇南京市）。

㊾魏闕：古代宮門外兩邊高聳的樓觀，朝廷頒佈的法令多懸於此。後泛指朝廷。

㊿假步：借路。　山扃（粵gwing1 普jiōng）：扃是門閂，山扃即指山門。

(51)芳杜：芳香的杜若。杜若是一種香草，又名山薑。　厚顏：慚愧。

(52)薜（粵bai6 普bì）荔：香草，又名木蓮。

(53)滓（粵zi2 普zǐ）：污穢。

(54)遊躅（粵zuk6 普zhú）：俗世的腳印、蹤跡。

(55)淥（粵luk6 普lù）池：清澈的池水。　洗耳：

參見本篇註14。

56 扃：關閉。　岫（粵zau^{6} 普xiù）幌：岫是山穴，幌是帷幔。此處比喻窗戶。

57 叢條：聚集的樹枝，指樹叢。　瞋（粵can^{1} 普chēn）膽：肝膽氣憤。

58 疊潁：重疊的草葉，指草叢。

59 柯：樹枝、草莖。

60 逋客：逃亡的人。

【白話輕鬆讀】

鍾山的神明，草堂的精靈，駕雲煙驅馳在驛路，將移文刻在山庭。

那些用自己耿介脫俗的儀表、瀟灑出塵的懷抱與白雪比較潔白、凌駕於青雲之上的人，我是知道他們的。那些卓然挺立於物外，光彩超過雲霞，以千金為草芥而不顧視，以天子之權位為鞋輕易就脫掉，在洛水邊聽吹笙，在長河畔遇樵歌，這種人也一定是有的。豈料還有一種人，他們始終不一、反覆無常，使墨翟像遇到染絲一樣悲泣，使楊朱像遇到岔路一樣痛哭，他們暫時隱遁而心中早被污染，開始貞潔後來污穢，這是多麼荒謬啊！啊！尚長不在了，仲長統也已經死了，山丘寂寥，千年來誰能欣賞？

世上有一位周先生，才智過人；既有文采又很博學，既通玄學又懂歷史。但是他學習顏闔和南郭子綦的隱遁；冒充隱士居住在北山草堂之中。誘騙我的松樹桂花，欺瞞我的雲霧山壑。雖然裝模作樣地在江邊隱居，實際上卻鍾情於高官厚祿。

他剛來的時候，幾乎要排擠巢父，折辱許由，傲視眾人，蔑視王侯，氣勢超過太陽，勁節凌越寒秋。一會兒讚歎隱士的隱居，一會兒怨恨王孫的眷戀塵世。一會兒談論佛家的空空之旨，一會兒考校道家的玄玄之意。務光怎比得上他，涓子也不能跟他相提並論。

等到朝廷的使者和詔書進山，他的模樣就走形了，魂魄也散亂了，志向變化，心神躁動。坐席上眉飛色舞，酒筵上手舞足蹈，撕裂焚燒掉隱士的衣服，舉手投足顯現出俗世的神態。風雲淒慘滿含憤怒，石泉嗚咽飽蘊悲傷，遙望樹林山巒悵然若失，回顧草叢灌木垂頭喪氣。

等到他拿着銅印，上面繫着黑色的綬帶，當上方圓百里最大的縣的縣令，名聲傳播於海邊浙右。於是道家的書籍被長久地拋棄，佛家的講席被永遠地遺忘。鞭笞犯人的喧囂聲音縈繞在他的思慮之中，公文訴訟的繁忙急迫充斥在他的心裏。琴歌已經斷絕，也不再飲酒賦詩。經常為最終的考核而糾結，每每為判決案件而忙碌。籠括張敞、趙廣漢曾經的功勞，凌駕卓茂與魯恭的業績。希圖趕上三輔的豪傑，聲名傳播到天下封疆大吏的耳中。他的出仕，使山中的晚霞獨自映照，明月孤單升起，青松樹蔭零落，白雲失去伴侶。山澗門户破敗無人歸來，石頭小路荒涼空空等待。草堂上，迴旋的風吹入帷幕，吐瀉的霧氣出入廳堂，用蕙草做成的帳子空無一人啊，夜晚鶴在悲鳴，山中的隱士離開了啊，黎明時猿也哀嘯。從前聽説過棄官逍遙隱居於海邊，如今卻見到拋棄隱居而甘心束縛於塵網。

於是南山給我嘲諷，北山發出哄笑，各條山谷爭相譏刺，眾多山峰提出指責。感慨那出行的周先生將我欺騙，傷心沒有人給我慰勞。所以，山中的樹林慚愧無盡，澗水後悔不止，秋天的桂樹遣散秋風，春天的蔦蘿撤去明月，西山宣佈他們對於隱逸的言論，東皋宣佈他們對貧素的意見。

如今，周先生又在縣中整裝，準備坐船去京城。雖然他鍾情於朝廷，但是或許仍會借路來到我的山門。然而我怎麼能讓芳香的杜若慚愧，讓薜荔蒙受羞恥，讓綠色的山峰再次被侮辱，讓紅色的懸崖重新被污染，怎麼能讓長滿蕙草的路被俗世的腳印弄髒，讓洗耳的清澈池水渾濁。應該鎖好山窗，關閉雲關，收斂起輕薄的霧氣，隱藏起鳴叫的激流，將要進山的車輛攔截在谷口，把狂妄無知的馬匹阻擋在山外。於是叢集的樹枝大動肝火，重疊的草葉滿懷憤怒，或者揚起枝莖折斷車輪，或者突然垂下枝葉掃除痕跡。請回去吧，俗人的車馬；鍾山之神謝絕那些逃跑的隱士。

經典延伸讀

歸去來兮[1]！田園將蕪胡不歸？既自以心為形役，奚惆悵而獨悲！悟已往之不諫，知來者之可追[2]。實迷途其未遠，覺今是而昨非[3]。舟遙遙以輕颺[4]，風飄飄而吹衣。問征夫以前路，恨晨光之熹微。乃瞻衡宇[5]，載欣載奔[6]。僮僕歡迎，稚子候門。三徑就荒[7]，松菊猶存。攜幼入室，有酒盈罇。引壺觴以自酌，眄庭柯以怡顏[8]。倚南窗以寄傲，審容膝之易安[9]。園日涉以成趣，門雖設而常關。策扶老以流憩，時矯首而遐觀[10]。雲無心以出岫，鳥倦飛而知還。景翳翳以將入[11]，撫孤松而盤桓。

歸去來兮！請息交以絕遊。世與我而相遺[12]，復駕言兮焉求[13]？悅親戚之情話，樂琴書以消憂。農人告余以春及，將有事於西疇[14]。或命巾車[15]，或棹孤舟[16]。既窈窕以尋壑[17]，亦崎嶇而經丘。木欣欣以向榮，泉涓涓而始流。善萬物之得時，感吾生之行休。

已矣乎！寓形宇內能復幾時，曷不委心任去留[18]？胡為乎遑遑兮欲何之？富貴非吾願，帝鄉不可期[19]。懷良辰以孤往，或植杖而耘耔[20]。登東皋以舒嘯，臨清流而賦詩。聊乘化以歸盡[21]，樂夫天命復奚疑！

（陶淵明《歸去來兮辭》）

【說文解字】

①歸去來：即歸去，「來」為語氣詞。

②悟已往之不諫，知來者之可追：悟出過去不可挽回，明瞭未來尚可補救。語出《論語・微子》：「楚狂接輿歌而過孔子曰：『鳳兮，鳳兮！何德之衰！往者不可諫，來者猶可追。已而，已而，今之從政者殆而！』」

③實迷途其未遠，覺今是而昨非：走入迷途其實不遠，覺得昨天做的錯而今天做的對。前一句出《離騷》：「回朕車以復路兮，及行迷之未遠。」後一句出《莊子・則陽》：「蘧伯玉行年六十而六十化，未嘗不始於是之，而卒詘之以非也。未知今之所謂是之，非五十九非也。」

④颺：舟漂流而行貌。

⑤衡宇：用橫木搭的門，形容屋宇簡陋。

⑥載：動詞詞頭。

⑦三徑：園子裏的小路。《文選》李善注引《三輔決錄》曰：「蔣詡字元卿，舍中三徑，唯羊仲、求仲從之遊，皆挫廉逃名不出。」就荒：已經荒蕪。

⑧眄（粵 min^{5} 普 miǎn）：斜視，引申為望。

⑨容膝：僅容坐下的小屋，形容屋子狹小逼仄。《韓詩外傳》：「今如結駟列騎，所安不過容膝。」

⑩矯首：抬頭。

⑪景：日光。　翳翳（粵 ngai^{3} 普 yì）：昏暗的樣子。

⑫遺：拋棄，脱離。

⑬駕言：即出遊，引申為出仕。《詩經・邶風・泉水》：「駕言出遊，以寫我憂。」駕是駕車之義，言為動詞的詞尾，此處截取詩句的前兩個字以表達「出遊」之義。

⑭疇（粵 cau^{4} 普 chóu）：田畝。

⑮巾車：有帷幕的車子。

⑯ 棹（粵 zaau⁶ 普 zhào）：船槳，引申為划船。

⑰ 窈窕：幽深貌。

⑱ 委心：隨心所欲。

⑲ 帝鄉：天帝居住的地方，指天上仙境。

⑳ 植杖而耘耔（粵 zi² 普 zǐ）：把枴杖插在地上然後耕作。耘義為除草。耔義為培土。語出《論語・微子》：「子路從而後，遇丈人，以杖荷蓧。子路問曰：『子見夫子乎？』丈人曰：『四體不勤，五穀不分，孰為夫子！』植其杖而芸。」

㉑ 聊：姑且。　乘化：隨順自然的變化。

【白話輕鬆讀】

回去了吧！田園將要荒蕪為甚麼還不回去？既然自己讓內心屈從於形體的役使，違心出仕，為甚麼還會感到惆悵而獨自悲傷！明白了，過去不可挽回，而未來尚可補救，走入迷途其實不遠，昨天做錯了而今天的選擇是正確的。船飄飄搖搖順流而行，風兒吹拂着我的衣衫。向旅途之人詢問路線，惱恨晨光暗淡不明。終於遠遠望見自己的家門，暢快地奔回家去。僕人在門口歡迎，年幼的孩子在那裏等待。園中的路已經荒蕪，好在松菊依然生長。拉着幼子進到屋內，酒已盛滿樽。舉起酒壺和酒杯自斟自飲，望見園中的樹枝喜笑顏開。靠着南窗舒展自己高傲的情懷，明白陋室那麼讓人安詳。每天在園中散步成為一種樂趣，雖有大門卻經常不開。拄着枴杖邊走邊歇，不時抬頭向遠處眺望。空中的雲彩自然而然地從山中飄出，鳥兒飛累了就總要回來。天色漸暗太陽快要落山，撫摸着孤松流連忘返。

回去了吧！請停止應酬斷絕來往。既然世間與我相互拋棄，還出遊去作甚麼？欣喜於親戚之間的傾訴，用琴書來娛樂忘憂。農人告訴我春天來了，將要到西邊的田裏去耕作了。有時駕上有帷幕的車子，有時則划上一條小船。水路幽深可以探尋溝壑，山路崎嶇可以翻山越嶺。樹木欣欣開始發芽，泉水涓涓開始流淌。讚美萬物的順應時節，感歎我的一生將要停止。

算了吧！活在世間還能有多少時候，為甚麼不隨心所欲該去就去、該留就留？為甚麼還要急急忙忙，想要到哪裏去呢？富貴不是我的願望，仙界不可期待。感受到這大好時節就孤身而去，或者把枴杖豎在地上去耕耘。登上東邊的高地發出長嘯，面對清澈的溪水寫下詩篇。姑且隨順自然的變化而死去，樂天知命還有甚麼可疑惑的呢！

多思考一點

卑鄙的靈魂有翻雲覆雨的靈活，所以暢通無阻；偉大的精神有食古不化的固執，到處扞格難通。欲辨假處士，可讀孔稚珪的《北山移文》；若識真隱者，可讀陶淵明的《歸去來兮辭》。兩篇文章，言辭駢儷，俊語迭出，窮形盡相，揮灑自如，均為六朝時的絕妙文字。

其實，隱者又豈易當？子路就說過「不仕無義」。王安石也說：「偶向松間覓舊題，野人休誦北山移。丈夫出處非無意，猿鶴從來自不知。」這是欲兼濟天下的儒者的觀念。然而總歸是有人想要獨善其身的，可惜「普天之下，莫非王土」，「歸去來兮」，到哪才有自己將要荒蕪的田園呢？到獨善其身都不可能的時候，只能選擇「大隱隱於市朝」了吧。

駱賓王

駱賓王（約 640—約 684），婺州義烏（今浙江義烏）人，少有文名，尤妙於五言詩，與王勃、楊炯、盧照鄰並稱為「初唐四傑」。駱賓王曾任武功主簿、明堂主簿、長安主簿、侍御史等職，後貶臨海丞。《舊唐書》《新唐書》有傳。

光宅元年（684），徐敬業在揚州起兵討伐武則天，駱賓王參與其事，擔任藝文令，並為其起草檄文，即此篇。這篇檄文慷慨激昂、文辭斐然，具有極強的感染力。據說武則天讀至「一抔之土未乾，六尺之孤何託」一句時，驚問作者為誰，知道是駱賓王後，武則天歎息道：「宰相安得失此人？」徐敬業失敗後，駱賓王亦不知所蹤。

為徐敬業討武曌檄①

偽臨朝武氏者，性非和順，地實寒微。昔充太宗下陳②，曾以更衣入侍③。洎乎晚節④，穢亂春宮⑤。潛隱先帝之私，陰圖後房之嬖⑥。入門見嫉，蛾眉不肯讓人；掩袖工讒，狐媚偏能惑主。踐元后於翬翟⑦，陷吾君於聚麀⑧。加以虺蜴為心⑨，豺狼成性，近狎邪僻⑩，殘害忠良⑪，殺姊屠兄⑫，弒君鴆母⑬。人神之所同嫉，天地之所不容。猶復包藏禍心，窺竊神器。君之愛子，幽之於別宮⑭；賊之宗盟，委之以重任⑮。嗚呼！霍子孟之不作⑯，朱虛侯之已亡⑰。燕啄皇孫⑱，知漢祚之將盡；龍漦帝后⑲，識夏庭之遽衰。

敬業皇唐舊臣，公侯冢子⑳。奉先君之成業，荷本朝之厚恩。宋微子之興悲㉑，良有以也；袁君山之流涕㉒，豈徒然哉！是用氣憤風雲，志安社稷。因天下之失望，順宇內之推心，爰舉義旗，以清妖孽。南連百越，北盡三河，鐵騎成群，玉軸相接㉓。海陵紅粟㉔，倉儲之積靡窮；江浦黃旗㉕，匡復之功何遠。班聲動而北風起，劍氣沖而南斗平。喑嗚則山嶽崩頹㉖，叱吒則風雲變色㉗。以此制敵，何敵不摧！以此圖功，何功不克！

公等或居漢地，或葉周親㉘，或膺重寄於話言㉙，或受顧命於宣室㉚。言猶在耳，忠豈忘心！一抔之土未乾㉛，六尺之孤何託㉜？倘能轉禍為福，送往事居㉝，共立勤王之勳㉞，無廢大君之命㉟，凡諸爵賞，同指山河。若或眷戀窮城，徘徊歧路，坐昧先幾之兆㊱，必貽後至之誅。請看今日之域中，竟是誰家之天下！

【說文解字】

① 徐敬業：唐初名將李勣之孫，年少時曾跟隨李勣出征，有勇名，歷太僕少卿，襲英國公，為眉州刺史。後被貶柳州司馬，客居揚州，與唐之奇、杜求仁、駱賓王等起兵反武后，武則天削其祖父官爵，復原姓為徐，後兵敗被殺。　武曌（粵 ziu^3 普 zhào）：武則天，名曌，并州文水（今屬山西）人。武則天十四歲被唐太宗召入宮中為才人，太宗去世，武則天削髮為尼，唐高宗即位，武則天入宮為昭儀，終成皇后。武則天從此把持朝政。唐高宗病死，中宗即位，武則天為皇太后，臨朝稱制。武則天廢中宗，立睿宗，重用武氏家族，引起徐敬業起兵。「曌」同「照」，是武則天自己造的字。　檄（粵 hat^6 普 xí）：一種文體，以聲討罪行為主題。

② 下陳：侍妾。

③ 曾以更衣入侍：此處用漢武帝皇后衛子夫的典故。據《史記》記載，衛子夫出身微賤，為平陽侯家的歌女，漢武帝去平陽侯家獨喜衛子夫，「武帝起更衣，子夫侍尚衣軒中得幸」。此處借指武則天因服侍唐太宗而得幸。

④ 洎（粵 gei^3 普 jì）：及。　晚節：晚年，此指年紀漸大以後，並非指老年。

⑤ 春宮：春宮即東宮，指當時的太子李治，後繼為高宗。

⑥ 嬖（粵 pei^3 普 bì）：寵愛。

⑦元后：皇后。 翬（粵fai^{1} 普huī）翟：錦雞為翬，長尾野雞為翟，皇后的車馬服裝上都裝飾着翬翟的羽毛和圖案。

⑧聚麀（粵jau^{1} 普yōu）：麀是母鹿，泛指雌獸。聚麀，語見《禮記・曲禮》：「夫唯禽獸無禮，故父子聚麀」，指野獸父子共用同一雌獸，借指父子共妻的亂倫行為。

⑨虺（粵wai^{2} 普huǐ）：毒蛇。 蜴：蜥蜴。

⑩狎（粵haap^{6} 普xiá）：親近。 邪僻：指李義府、許敬宗等人，曾支持高宗改立武則天為后，並讒殺上官儀。

⑪忠良：指長孫無忌、褚遂良等人，因反對改立武后被貶官，並死於貶所。

⑫殺姊：武則天的姐姐封韓國夫人，韓國夫人的女兒封魏國夫人，有寵於帝，武則天毒殺魏國夫人。此處或指此而言。 屠兄：武則天的異母哥哥武元慶、武元爽以及他們的兒子武惟良、武懷運等對待武則天母女不好，武則天秉政以後，遠遷武元慶、武元爽，二人死於當地，又嫁禍於武惟良、武懷運，殺之。

⑬弒君：此處指逼迫章懷太子李賢自殺。 鴆（粵zam^{6} 普zhèn）母：鴆為毒鳥，羽毛有劇毒，引申為用毒藥毒酒害人。鴆母事不詳，或出於駱賓王之誇張。

⑭君之愛子，幽之於別宮：指廢唐中宗為廬陵王。

⑮賊之宗盟，委之以重任：指重用武氏家族。

⑯霍子孟：指漢代的霍光，字子孟。漢武帝託孤於霍光，霍光扶立漢昭帝，昭帝死，霍光廢昌邑王，立漢宣帝。

⑰朱虛侯：指漢代的劉章，漢高祖死後，諸呂用事，劉章與陳平、周勃等人誅滅呂氏，擁立漢文帝。

⑱燕啄皇孫：漢成帝時有童謠說「燕飛來，啄皇孫，皇孫死，燕啄矢」，後漢成帝寵倖趙飛燕姐妹，趙飛燕姐妹殺害後宮皇子，後伏誅，正應童謠所言。此處用此典故指武則天

殘殺李唐宗室。

⑲ 龍漦（粵 ci^4 普 chí）帝后：龍漦即龍的唾液。傳說夏時，有二神龍止於帝庭，夏后藏其漦於木盒中，神龍飛去。木盒經商傳至周。周厲王打開盒子，龍漦流於地，使後宮童女受孕，生下女兒即褒姒，後周幽王寵愛褒姒，終亡西周。事見《國語・鄭語》《史記・周本紀》。此處用此典故指武則天為禍害李唐王朝之妖女。

⑳ 塚子：長子。

㉑ 宋微子之興悲：微子是商紂王的兄弟，商紂淫亂，微子屢諫不聽，遂亡去。周成王時，以微子代殷後，封之於宋，故稱宋微子。傳說微子朝周，過殷故墟，感慨興亡，作《麥秀》之歌。

㉒ 袁君山之流涕：一說指東漢袁安（字邵公），據《後漢書》記載，「安以天子幼弱，外戚擅權，每朝會進見，及與公卿言國家事，未嘗不噫嗚流涕」。又一說「袁」為「桓」之誤，桓君山即桓譚（字君山）。

㉓ 玉軸：車軸，此處借指戰車。

㉔ 海陵：今江蘇泰州市。　紅粟：粟米眾多，陳陳相積，乃至發紅。

㉕ 江浦：疑即今江蘇江浦縣。　黃旗：軍旗。

㉖ 喑（粵 jam^1 普 yīn）嗚：發怒聲。

㉗ 叱吒：怒斥聲。

㉘ 葉（粵 sip^3 普 xié）：同「協」，合。葉周親指同姓宗親。

㉙ 膺：接受。

㉚ 顧命：帝王臨終之遺命。　宣室：本指漢代未央宮中之宣室殿，此處泛指帝王所居的正室。

㉛ 一抔（粵 pau^4 普 póu）之土：一捧土，借指墳墓。

㉜ 六尺之孤：古代六尺指十五歲的少年，此處指唐中宗。

㉝ 送往事居：安送已去世之唐高宗，奉侍即位之唐中宗。

㉞ 勤王：盡力於王事，多指臣子起兵救援天子。

㉟ 大君：天子。此處指唐高宗。

㊱ 昧：錯失。先幾之兆：預先的微細徵兆。

【白話輕鬆讀】

僭竊臨朝的武氏，生性並不和順，出身實在微賤。她曾經充任太宗皇帝的侍妾，因侍奉太宗換衣服而得寵倖。到後來，她又污穢淫亂太子的宮殿。偷偷隱藏與太宗皇帝的關係，暗中圖謀得到高宗皇帝的寵愛。入宮之後她立刻顯現出自己的嫉妒心，不允許別人超過自己；她用袖子遮住嘴說話，善進讒言，又有妖狐般的媚術竟能迷惑君主。她登上了皇后的位置，卻陷我們的君主於父子共妻的禽獸般的地步。加之她內心毒辣如同蛇蠍，生性殘忍如同豺狼。她親近小人，殘害忠良，殺害姐姐和兄長，又弒君並毒死母親。她的所作所為，人與神都憤恨，無論天還是地都不能容忍。她甚至還包藏禍心，覬覦竊奪天子的位置。高宗皇帝的愛子，被囚禁於別宮，而她的宗族盟友，卻被委以重任。啊呀！世上再沒有霍光，劉章也已經死去。童謠說燕子用嘴啄皇孫，從此知道漢天子的命運將要到頭了。傳說神龍留口沫於帝王，從此看出夏代的統治馬上就要衰亡了。

敬業是我皇唐的舊臣，是公侯的長子。他奉承其先君的業績，享受我朝的厚恩。宋微子發出悲歎，確實有其原因；袁君山痛哭流涕，又豈是沒有理由！所以他義氣激憤，使風雲乍起，志在安定國家社稷。他按照天下對武氏的失望之情，順遂天下的內心所向，舉起正義的旗幟，來掃清妖孽。他聯合南方，又號召北方，鐵騎成群，戰車相接。海陵的粟米都已經發紅了，倉庫中積累的糧餉無窮無盡；江浦的軍旗飄搖，匡扶唐王朝的功績指日可待。班馬嘶鳴，北風驟起，劍氣暴漲，直沖南斗。怒吼一聲，則山崩地裂、風雲變色。用此來攻敵制勝，甚麼樣的敵人不被摧毀！用此來建功立業，甚麼樣的功業不能取得！

你們有的是皇唐之臣子，有的是李氏的宗親，有的曾被授予重要的使命，有的曾被賦予臨終的遺言。話音還在耳邊縈繞，忠誠之心豈能忘懷！高宗皇帝墳墓的土還沒有乾，中宗皇帝將依託何人？假如你們能夠把禍患轉變為福分，安送先帝，侍奉今君，一塊建立勤王的功勳，不廢棄先君的遺命，那麼所有爵位獎賞，我們都指山河為誓。如果有人還眷戀依靠那薄弱的城池，不知取捨，白白錯失已經顯現出的徵兆，那麼一定會受到馬上要到來的誅罰。我想請大家看看今天的大地上，究竟是誰人的天下！

經典延伸讀

賓王，義烏人。七歲能賦詩。武后時，數上疏言事，得罪貶臨海丞。鞅鞅不得志①，棄官去。文明中②，徐敬業起兵欲反正，往投之，署為府屬。為敬業作檄傳天下，暴斥武后罪。后見讀之，矍然③曰：「誰為之？」或以賓王對，後曰：「有如此才不用，宰相過也。」及敗亡命，不知所之。後宋之問貶還④，道出錢塘，遊靈隱寺，夜月，行吟長廊下，曰：「鷲嶺鬱岧嶢⑤，龍宮隱寂寥⑥。」未得下聯。有老僧燃燈坐禪，問曰：「少年不寐，而吟諷甚苦，何耶？」之問曰：「欲題此寺，而思不屬。」僧笑曰：「何不道：『樓觀滄海日，門對浙江潮。』」之問終篇曰：「桂子月中落，天香雲外飄。捫蘿登塔遠⑦，刳木取泉遙⑧。雲薄霜初下，冰輕葉未凋。待入天台寺，看余渡石橋。」僧一聯，篇中警策也。遲明訪之，已不見。老僧即駱賓王也，傳聞桴海而去矣。

（辛文房《唐才子傳》卷一）

【說文解字】

① 鞅鞅（粵joeng² 普yàng）：通「怏怏」，不服氣，不滿意。

② 文明：唐睿宗年號。即公元684年。

③ 矍（粵fok³ 普jué）然：吃驚的樣子。

④ 宋之問：字延清，一名少連，唐初詩人。

⑤ 鷲嶺：指杭州靈隱寺前飛來峰。 岧（粵tiu⁴ 普tiáo）嶢（粵jiu⁴ 普yáo）：高峻貌。

⑥ 龍宮：佛教傳說，海龍王在靈鷲山聽佛說法，信心歡喜，欲請佛至大海龍宮供養。佛許之。龍王即入大海化作宮殿，佛於諸比丘菩薩共涉寶階入龍宮，受諸龍供養，為說大法。後用「龍宮」借指佛寺，此處指靈隱寺。

⑦ 捫（粵mun⁴ 普mén）：攀援。 蘿：藤蘿。

⑧ 刳（粵fu¹ 普kū）：挖空。

【白話輕鬆讀】

駱賓王，義烏人。七歲能賦詩。武后時屢次上奏章討論時事，獲罪，被貶為臨海丞。駱賓王抑鬱不得志，棄官而去。文明中，徐敬業起兵想要恢復唐中宗的帝位，駱賓王去投奔他，徐敬業任其為屬官。駱賓王為徐敬業作檄文，傳於天下，暴露斥責武則天的罪惡。武則天看後大吃一驚，問：「這是誰寫的？」有人回答說是駱賓王。武則天說：「有這樣的人才不任用，這是宰相的錯啊。」徐敬業兵敗後，駱賓王也不知逃亡到了哪裏。後來，宋之問從貶謫之地返回，經過杭州，遊覽靈隱寺，夜晚月下在長廊中邊走邊吟詩道：「高峻的飛來峰上鬱鬱蔥蔥，靈隱寺隱藏在山腳下孤單寂寥。」宋之問想不出詩的下聯。此時，有位老僧正點着蠟燭在坐禪，問道：「年輕人，不睡覺而如此辛苦地吟誦，這是為甚麼呢？」宋之問回答說：「我想要為靈隱寺寫首詩，但是找不到思路了。」老僧笑道：「為甚麼不接『高樓上觀看滄海中的太陽，大門外正對着浙江的潮水』呢？」宋之問因此接着把詩寫完了，下面是：「桂花在月光中落下來，花香在雲朵外飄蕩。攀援藤蘿登上遠處的高塔，挖木作舟去汲取遠處的泉水。淡淡的雲彩下夜霜剛剛降下，結了一層薄冰的葉子尚未凋謝。等到進入天台路去，看我正走過石橋。」老僧所作的兩句詩，是整首詩中最妙的部分。宋之問在天亮後去探尋這位老僧，而老僧已經不見了。這位老僧就是駱賓王。傳言說他已經渡海而去了。

多思考一點

駱賓王的《討武曌檄》是千古傳頌的名篇。文分三段，次序井然。先歷數武則天的罪惡，再稱美徐敬業的起兵，最後勸降。文章採用了四六駢體，隸事用典圓融自然，數說大義簡潔明快，氣勢磅礴，極具感染力。而作為攻擊對象的武則天能讀其文、惜其才，亦顯現出難得的度量。

駱賓王為宋之問續詩一事亦是詩壇佳話之一。然而，駱賓王有《在江南贈宋五之問》組詩，可見二人本為舊識。唐人封演在《封氏聞見記》中也說宋之問之詩作於台州，並非作於杭州。看來此事大概是後人的演繹，而之所以會衍生出如此一段傳奇，恐怕與宋之問的詩有關。宋氏詩是典型的有句無篇，「樓觀滄海日，門對浙江潮」一聯屬對工整、氣勢雄渾、筆力勁健，遠超篇中的其他詩句，甚至使整首詩的氣氛都不協調。此種情況古詩中所在多有，陸游「小樓一夜聽春雨，深巷明朝賣杏花」亦屬此類。恐怕這些都是作者先得一佳聯，然後再補足其他詩句，故使文氣不順，後代好事者遺憾之餘不免動手補苴，也是一片苦心。所謂可愛者不可信，可信者不可愛也。然而畢竟是古來佳話，姑妄聽之以為談資，亦未為不可。

明人張岱在《西湖夢尋》中也提及此詩，並指出其地在靈隱寺後山。自己曾遊靈隱，登山遠眺，實並無滄海、浙江之景，但是想起當年年輕詩人與坐禪老僧的一段傳說，不禁神遊物外，平添思緒萬千。空中的樓閣有時候遠比地上的寺廟實在得多。

李白

李白（701—762），字太白，號青蓮居士。祖籍隴西成紀（今甘肅秦安），出生於碎葉（今吉爾吉斯斯坦境內托克瑪克），幼年隨父遷居綿州昌隆縣（今四川江油縣）。二十五歲出蜀沿長江遊歷，不久在湖北安陸成家，又以安陸為中心漫遊四方，後遷居山東任城（今山東濟寧），隱居於徂徠山，為「竹溪六逸」之一。四十二歲左右入長安為翰林，兩年後被「賜金放還」，再次漫遊。安史之亂起，李白意在報國，加入了永王李璘的幕府。後李璘以叛亂罪被滅，李白也被流放至夜郎（今貴州正安縣附近），途中遇赦返回，最後病死於安徽當塗。

《與韓荊州書》大約作於唐開元二十年（732）前後，當時韓朝宗擔任荊州長史，以獎掖人才聞名，李白上書求進，雖然並無結果，但卻留下了一篇優秀的散文作品，使後人在李白的詩歌以外更見識到其文章的魅力。

與韓荊州書

白聞天下談士相聚而言曰：「生不用封萬戶侯[1]，但願一識韓荊州。」何令人之景慕一至於此！豈不以周公之風，躬吐握之事[2]，使海內豪俊，奔走而歸之，一登龍門[3]，則聲價十倍！所以龍蟠鳳逸之士[4]，皆欲收名定價於君侯。君侯不以富貴而驕之、寒賤而忽之，則三千之中有毛遂[5]，使白得穎脱而出，即其人焉。

白，隴西布衣，流落楚、漢[6]。十五好劍術，遍干諸侯[7]。三十成文章，歷抵卿相[8]。雖長不滿七尺，而心雄萬夫。皆王公大人許與氣義。此疇曩心跡[9]，安敢不盡於君侯哉！君侯制作侔神明[10]，德行動天地，筆參造化，學究天人。幸願開張心顏，不以長揖見拒[11]。必若接之以高宴，縱之以清談，請日試萬言，倚馬可待[12]。今天下以君侯為文章之司命，人物之權衡，一經品題，便作佳士。而今君侯何惜階前盈尺之地，不使白揚眉吐氣、激昂青雲耶？

昔王子師為豫州[13]，未下車即辟荀慈明[14]，既下車又辟孔文舉[15]。山濤作冀州[16]，甄拔三十餘人，或為侍中、尚書，先代所美。而君侯亦一薦嚴協律[17]，入為秘書郎，中間崔宗之、房習祖、黎昕、許瑩之徒[18]，或以才名見知，或以清白見賞。白每觀其銜恩撫躬，忠義奮發，白以此感激，知君侯推赤心於諸賢之腹中，所以不歸他人而願委身國士⑲。倘急難有用，敢效微軀。

且人非堯、舜，誰能盡善？白謨猷籌畫⑳，安能自矜？至於制作，積成卷軸，則欲塵穢視聽，恐雕蟲小技，不合大人。若賜觀芻蕘㉑，請給紙筆，兼之書人，然後退掃閑軒，繕寫呈上。庶青萍、結綠㉒，長價於薛、卞之門㉓。幸推下流，大開獎飾，唯君侯圖之。

【說文解字】

① 萬戶侯：食邑萬戶之侯，泛指極高的官爵。

② 吐握之事：周武王的弟弟周公為了接見人才，洗頭髮的時候曾經三次被打斷，握着濕頭髮去接見人才；吃飯的時候三次被打斷，把吃到嘴裏的飯吐出來去接見人才。事見《史記・魯周公世家》等書的記載。

③ 龍門：東漢李膺，以聲名自高，士人有被其接待者，號稱為「登龍門」。事見《後漢書・李膺傳》。

④ 龍蟠鳳逸：比喻隱逸未遇的傑出人才。

⑤ 毛遂：戰國時趙國平原君的門客。秦國圍攻邯鄲，趙使平原君求救，欲定合縱之約於楚國。平原君選食客二十人相從，毛遂自薦，平原君以錐處囊中、其末必見為喻相譏刺，毛遂則說「臣乃今日請處囊中耳，使遂蚤得處囊中，乃穎脫而出，非特其末見而已」。平原君遂與毛遂至楚。平原君與楚王交涉無果，毛遂持劍說服楚王，楚出兵救趙，平原君悅服。事見《史記・平原君虞卿列傳》。

⑥ 楚、漢：指楚地漢水之濱，今天的湖北地區。

⑦ 干：干謁，因有所求而拜見。

⑧ 抵：干謁，拜謁。

⑨ 疇曩：從前，往日。

⑩ 制作：著述，文章。　侔（粵 mau^{4} 普 móu）：相等。

⑪ 長揖：拱手從高向下行禮，而不跪拜，表示不卑不亢的氣節。與李白同時的人魏顥在《李翰林集序》中說：「（李白）長揖韓荊州，荊州延飲，白誤拜，韓讓之，白曰：『酒以成禮』，荊州大悅。」

⑫ 倚馬可待：東晉時，桓溫北伐，袁巨集從征，桓溫需要一篇佈告，就讓袁宏倚靠在馬前寫作，袁宏提筆，毫無停頓地寫了七頁。事見《世說新語・文學》。後用「倚馬之才」「倚馬可待」比喻才思敏捷。

⑬ 王子師：王允，字子師，東漢靈帝中平元年（184）任豫州刺史，徵召荀爽、孔融等為從事。後任司徒，聯結呂布，誅殺董卓，後被董卓部將殺害。《後漢書》有傳。

⑭ 辟：徵召。　荀慈明：荀爽，字慈明，一名諝，荀子十二世孫，以儒行見稱，官至司空，亦參與王允誅殺董卓之謀，未果而病歿。《後漢書》有傳。

⑮ 孔文舉：孔融，字文舉，孔子二十世孫，少年聰慧，年長名重天下，後為北海相，建安時為將作大匠，後為曹操所殺。

⑯ 山濤：字巨源，竹林七賢之一，西晉武帝時官至司徒。山濤以選拔人才著稱，其「所奏甄拔人物，各為題目，時稱《山公啟事》」。曾任冀州刺史，「甄拔隱屈，搜訪賢才，旌命三十餘人，皆顯名當時」。《晉書》有傳。

⑰ 嚴協律：姓字不詳。唐有協律郎之職。

⑱ 崔宗之、房習祖、黎昕、許瑩：數人均為韓朝宗曾引薦之人。

⑲ 國士：一國之中才能最優秀的人物。

⑳ 謨（粵 mou^{4} 普 mó）猷：謀略。

㉑ 芻（粵 co^{1} 普 chú）蕘（粵 jiu^{4} 普 ráo）：割草、打柴的人，比喻山野粗鄙之人，此處為謙辭。

㉒ 青萍：寶劍名。　結綠：寶玉名。

㉓ 薛、卞之門：薛燭是古代善於相劍的人，卞

和是古代善於識玉的人。

【白話輕鬆讀】

李白聽天下善於議論的士人聚集在一起時說：「人活一世，不用被封為萬户侯，但願認識一下韓荊州。」先生您為甚麼竟然讓人仰慕到這種程度呢？難道不是因為您有周公的風度，親自實行一飯三吐哺、一沐三握髮的事，從而使海內的豪傑之士，奔走而歸附於您？一旦得到您的接待，聲名就會十倍增長，因此各種懷才未遇的人，都想要通過您來收穫名聲並審定自己的價值。您不因為自己富貴傲視他們，也不因為他們貧賤而蔑視他們，那麼三千門客當中定有毛遂一樣的人，如果讓李白得以脱穎而出，我就會是那毛遂了。

李白，隴西的一個平民，流落楚漢之地。十五歲喜好劍術，干謁了各位諸侯。三十歲學成文章，拜謁了所有卿相。雖然身高不滿七尺，但是志氣勝過萬人。那些王公大人都稱許贊同我的氣節和道義。這是我曾經的所想所為，怎麼敢不全部告訴您呢！您的文章等於神明，德行感動天地，筆墨接近自然造化，學術窮極天道與人事。希望您能平心靜氣，不因為我長揖不拜而拒絕我。如果一定要用隆重的宴會接待我，任由我在宴會上高談闊論，請您每天用萬言的文章來測試我，倚在馬上一會兒就可等到結果。如今，天下的士人都把您看做文章的司命神、人物的天平，一旦得到您的品評題名，就可以成為優異的人才。而今天您為甚麼吝惜台階前的一尺之地，不讓李白揚眉吐氣、意氣激昂於青雲之上呢？

從前，王允任豫州刺史，還沒到任就徵召荀爽，到任後又徵召孔融。山濤任冀州刺史，選拔三十多人，有些做了侍中，有些做了尚書，這些都是前人所稱美的。而您也薦舉過嚴協律，他入朝做了秘書郎；又引薦過崔宗之、房習祖、黎昕、許瑩等人，他們有的因為有才華而得到您的賞識，有的因為清白的品行而得到您的推許。李白每次看到他們反躬自問，發自內心的感恩戴德，忠義之心奮發，李白因此而激動，知道您用一片赤誠之心對待他們，因此我不去歸附別人而甘願託身於高明的您。假如遇到危急的事有用到我的地方，我斗膽獻上我微薄的身軀以為驅使。

而且凡人不是堯舜，誰能夠全部正確？李白的謀略措施，怎麼敢自負自誇？至於文章，則積累成了卷軸，希望能夠得到您的閱覽，又恐怕這樣的雕蟲小技，不合大人的喜好。如果您願賞光閱覽鄙人的文章，請您賜給我紙和筆，以及抄寫人員，然後我回到家中打掃靜室，繕寫呈獻給您。望青萍之劍、結綠之玉，能夠在薛燭、卞和那裏增長聲價。希望您能推薦我，多多地獎勵讚揚我，望您考慮。

經典延伸讀

昔為大堤客①，曾上山公樓②。
開窗碧嶂滿，拂鏡滄江流。
高冠佩雄劍，長揖韓荊州。
此地別夫子，今來思舊遊。
朱顏君未老，白髮我先秋。
壯志恐蹉跎，功名若雲浮。
歸心結遠夢，落日懸春愁。
空思羊叔子，墮淚峴山頭③。

（李白《憶襄陽舊遊贈馬少府巨》）

【說文解字】

①大堤：大堤在襄陽城外，周圍四十多里。此處代指襄陽。

②山公樓：晉時山簡為襄陽太守，山公樓是其遺跡，今不知所在。

③空思羊叔子，墮淚峴（粵 jin^{6} 普 xiàn）山頭：晉朝羊祜，字叔子。《晉書》本傳記載：「祜樂山水，每風景，必造峴山，置酒言詠，終日不倦。嘗慨然歎息，顧謂從事中郎鄒湛等曰：『自有宇宙，便有此山。由來賢達勝士，登此遠望，如我與卿者多矣！皆湮滅無聞，使人悲傷。如百歲後有知，魂魄猶應登此也。』湛曰：『公德冠四海，道嗣前哲，令聞令望，必與此山俱傳。至若湛輩，乃當如公言耳。』」羊祜死後，後人立碑於山上遠望之處，眾人望見其碑，莫不悲傷，杜預謂之墮淚碑。峴山在襄陽東南。

【白話輕鬆讀】

往日在襄陽客居，曾經登上山公樓。打開窗户，滿眼是屏風般的碧綠山峰；山下如鏡子般的深青色的漢水日夜長流。我帶着高高的帽子佩帶着寶劍，長揖韓荊州。正是在此地與你離別，今日回憶起往昔的舊遊。你面色紅潤並不顯老，我卻已經白髮上頭。壯志恐怕已經蹉跎，功名恰如白雲無根浮游。歸去之心寄託於對遠方的夢中，夕陽西下如同懸掛着一縷春愁。悵然想起羊祜，曾落淚於峴山的山頭。

多思考一點

一般干謁之作，意在請求，難免表現出戰戰兢兢、委屈瑟縮、低聲下氣之貌。然而李白的《與韓荊州書》卻絕無此態：先以毛遂自許；再以「何惜盈尺之地」反詰；接以「所以不歸他人而願委身國士」；最後則「唯君侯圖之」。己求於人，反似人之榮幸。

李白的驕傲確是從古至今所有知識分子日思夢想、欽慕無已的人格，可惜的是，不是所有人都有李白的才華，而即便是謫仙一樣的李白，也無法在堅守這種人格的前提下達成目的，韓朝宗原諒了李白的長揖不拜，但是終於沒有推薦他。

李白另有《上安州李長史書》和《上安州裴長史書》，與《與韓荊州書》寫作時間相近，然而言辭謙遜得多。看來，韓朝宗確實應該感到榮幸，李白相信他的才能和氣量，把他當成知音，因此才寫出如此放肆的文章，以為韓朝宗會惺惺相惜，豈料「知音實不賞」，只能「歸臥故山秋」了。李白不是狂生，所以懂得面對不同的人該怎樣措辭；然而李白畢竟以「謫仙」自居，人情世故不屑去琢磨，所以誤認了知音。

韓愈

韓愈（768—824），字退之，河陽（今河南孟縣）人，自稱郡望昌黎，故世稱韓昌黎。唐貞元八年（792）進士，官至吏部侍郎。韓愈是唐代古文運動和韓孟詩派的領導者，在中國文學史和思想史上都具有極高的地位。《古文觀止》中收錄了韓愈的文章二十四篇，其數量僅次於《左傳》，位列第二，可見編選者對韓愈文章的推崇。

送孟東野序[1]

大凡物不得其平則鳴。草木之無聲，風撓之鳴[2]。水之無聲，風蕩之鳴。其躍也或激之，其趨也或梗之[3]，其沸也或炙之。金石之無聲，或擊之鳴。人之於言也亦然，有不得已者而後言。其謌也有思[4]，其哭也有懷。凡出乎口而為聲者，其皆有弗平者乎！

樂也者，郁於中而泄於外者也，擇其善鳴者而假之鳴[5]。金、石、絲、竹、匏、土、革、木八者[6]，物之善鳴者也。維天之於時也亦然，擇其善鳴者而假之鳴。是故以鳥鳴春，以雷鳴夏，以蟲鳴秋，以風鳴冬。四時之相推奪[7]，其必有不得其平者乎！

其於人也亦然。人聲之精者為言，文辭之於言，又其精也，尤擇其善鳴者而假之鳴。其在唐、虞[8]，咎陶、禹[9]，其善鳴者也，而假以鳴。夔弗能以文辭鳴[10]，又自假於《韶》以鳴[11]。夏之時，五子以其歌鳴[12]。伊尹鳴殷，周公鳴周。凡載於《詩》《書》六藝，皆鳴之善者也。周之衰，孔子之徒鳴之，其聲大而遠。傳曰：「天將以夫子為木鐸[13]。」其弗信矣乎？其末也，莊周以其荒唐之辭鳴[14]。楚，大國也，其亡也，以屈原鳴。臧孫辰、孟軻、荀卿[15]，以道鳴者也。楊朱、墨翟、管夷吾、晏嬰、老聃、申不害、韓非、慎到、田駢、鄒衍、尸佼、孫武、張儀、蘇秦之屬[16]，皆以其術鳴。秦之興，李斯鳴之。漢之時，司馬遷、相如、揚雄[17]，最其善鳴者也。其下魏、晉氏，鳴者不及於古，然亦未嘗絕也。就其善者，其聲清以浮，其節數以急，其辭淫以哀，其志弛以肆，其為言也，亂雜而無章。將天醜其德莫之顧邪？何為乎不鳴其善鳴者也？

唐之有天下，陳子昂、蘇源明、元結、李白、杜甫、李觀⑱，皆以其所能鳴。其存而在下者，孟郊東野始以其詩鳴。其高出魏、晉，不懈而及於古⑲，其他浸淫乎漢氏矣⑳。從吾遊者，李翱、張籍其尤也㉑。三子者之鳴信善矣㉒，抑不知天將和其聲而使鳴國家之盛邪？抑將窮餓其身、思愁其心腸而使自鳴其不幸邪？三子者之命，則懸乎天矣。其在上也，奚以喜？其在下也，奚以悲？東野之役於江南也，有若不釋然者㉓，故吾道其命於天者以解之。

【說文解字】

① 孟東野：孟郊（751—814），字東野，湖州武康（今浙江德清縣）人。貞元十二年（796）進士，貞元十七年（801）選為溧陽（今屬江蘇）尉，韓愈此文大約即作於次年。序：唐初形成的一種文體，即贈言。

② 撓：攪動，擾動。

③ 梗：阻塞。

④ 詞：同「歌」。

⑤ 假：藉助，憑藉。

⑥ 金、石、絲、竹、匏（粵paau^{4} 普páo）、土、革、木八者：即所謂的「八音」。金謂鐘鎛（粵bok^{3} 普bó），石謂磬，絲謂琴瑟，竹謂管籥，匏謂笙，土謂塤，革謂鼓鞀（粵tou^{4} 普táo），木謂柷（粵cuk^{1} 普chù）敔（粵jyu^{5}

粵yǔ）。

⑦推奪：推移。

⑧唐、虞：唐堯、虞舜。

⑨咎（粵gou^{1} 普gāo）陶（粵jiu^{4} 普yáo）：又作「皋陶」，虞舜的臣子，掌刑獄。

⑩夔（粵kwai^{4} 普kuí）：虞舜的樂官。

⑪《韶》：虞舜時的樂曲。

⑫五子以其歌鳴：夏帝太康的五個弟弟，太康遊獵不恤民事，有窮氏的君主后羿起兵反叛，五子怨恨太康，作歌勸誡。今傳偽《古文尚書》有《五子之歌》一篇，所敘即此事。

⑬天將以夫子為木鐸：語出《論語・八佾》，指孔子雖不得仕進，天亦將以之為人民之導師，令其有所闡發著述。木鐸，以木為舌的銅鈴，用來召集群眾，宣佈政令。

⑭荒唐之辭：漫無邊際的言辭。《莊子・天下》說莊子的學說是「謬悠之說，荒唐之言，無端崖之辭」。

⑮臧孫辰：春秋時魯國大夫，謚文仲，又稱臧文仲，其言行見於《左傳》及《論語》。 孟軻：戰國時儒家的代表。 荀卿：荀況，戰國末期儒家的代表人物。

⑯楊朱：戰國時思想家，字子居。 墨翟：春秋末期孔子之後的思想家。 管夷吾：管仲，春秋時齊國大夫，輔佐齊桓公稱霸。 晏嬰：字仲，謚平，又稱晏平仲，春秋後期齊國的大夫。 老聃：先秦道家的創始人老子。 申不害：戰國時韓昭侯之相，法家的代表人物。韓非：戰國時韓國公子，法家的代表人物。 慎到：戰國時趙國人，法家的代表人物。 田駢：戰國時齊國人，道家的代表人物。 鄒衍：戰國時齊國人，陰陽家的代表人物。 尸佼：商鞅的門客。 孫武：春秋時齊國人，兵家的代表人物。 張儀：戰國時魏國人，縱橫家的代表人物。 蘇秦：戰國時周國人，縱橫家的代表人物。

⑰相如：司馬相如，字長卿，西漢時著名的辭賦家。 揚雄：字子雲，西漢末年著名的辭

賦家、學者、思想家。

⑱ 陳子昂：字伯玉，初唐著名詩人。 蘇源明：初名預，字弱夫，唐代文學家。 元結：字次山，唐代詩人。 李觀：字元賓，唐代文學家。

⑲ 不懈：無懈可擊，指高明的作品。

⑳ 浸淫：接近。

㉑ 李翺：字習之，唐代文學家。 張籍：字文昌，唐代詩人。

㉒ 信：確實。

㉓ 不釋（粵 jik6 普 yì）：不開心，鬱悶。「釋」通「懌」，喜悅。

【白話輕鬆讀】

大體上來說，物體受到不平常的對待就會鳴響起來。草木不會出聲，但是風攪擾它們就會發出聲音。水不會出聲，但是風鼓動它就會發出聲音，水的奔騰是因為有甚麼在激蕩它，水的湍急是因為有甚麼在阻塞它，水的沸騰是因為有甚麼在燒烤它。金屬和石頭不會出聲，有甚麼去敲擊它們就會出聲。人的言談也是這樣，有迫不得已的事，然後才會發言，人的歌唱是因為有思念，人的哭泣是因為有懷戀。凡是出自口中形成聲音的，大概都有不平常的事吧！

音樂，是把鬱積在心中的發洩出來，選擇那些善於出聲的，假借它們來發出聲音。金屬、石頭、絲線、竹子、葫蘆、土、皮革、木頭這八種東西，是物體中善於出聲的。天對於季節也是這樣，選擇其中善於出聲的，假借它們來發出聲音。因此，春天假借鳥來發出聲音，夏天假借雷來發出聲音，秋天假借蟲子來發出聲音，冬天假借風來發出聲音。四時的相互轉變，大概一定有受到不平常待遇的東西吧？

對於人來説也是這樣，人發出的聲音中最精粹的是言語，文章對於言語，又是更精粹的，更應該選擇那些善於出聲的，假借他們來鳴叫。在堯舜的時候，咎陶、禹是當時最善於出聲的人，因此堯舜就假借他們來出聲。夔不能通過文章來出聲，就自己藉助於《韶》樂來出聲。夏朝的時候，五子通過他們的歌來出聲。殷商藉助伊尹來發出聲音，西周藉助周公來發出聲音。凡是記錄在《詩經》《尚書》等六藝中的，都是發出的最好的聲音。周朝衰落，孔子等人為它發出聲音，他們的聲音洪亮遠播。《傳》中記載：「老天將要把夫子當作木鐸。」這難道不是真的麼？周朝的末年，莊周藉助他漫無邊際的文辭發出聲音。楚是當時的大國，快要亡國時，藉助屈原發出聲音。臧孫辰、孟軻、荀卿，他們藉助道德發出聲音。楊朱、墨翟、管夷吾、晏嬰、老聃、申不害、韓非、慎到、田駢、鄒衍、尸佼、孫武、張儀、蘇秦等人，都是憑藉他們的學術發出聲音。秦朝興起，通過李斯發出聲音。漢代的時候，司馬遷、司馬相如、揚雄是最善於出聲的人。以後到魏晉時的人，出聲的人比不上古人，但是也沒有絕跡。根據當時善於出聲的人來說，他們的聲音清輕虛浮，他們的節奏頻繁急促，他們的辭藻放蕩哀傷，他們的志意懈怠放肆，他們的言談，雜亂沒有次序。難道天認為當時的德行醜陋而無所顧念嗎？為甚麼不讓當時善於出聲的人發出聲音呢？

唐取得天下之後，陳子昂、蘇源明、元結、李白、杜甫、李觀，都憑藉他們所擅長的去出聲。活着而地位低下的，孟郊孟東野，開始憑藉他的詩歌來發出聲音了。孟郊的詩比魏晉的要好，其中盡善盡美的趕上了古人，其他的作品也接近漢人了。跟我交遊的人中，李翺、張籍是最傑出的。這三個人發出的聲音確實是高妙的，然而不知道老天將要應和他們的聲音而使他們歌頌國家的昌盛呢？還是將要讓他們的生活貧窮飢餓、心緒煩亂愁苦，從而使他們自己悲鳴不幸呢？這三個人的命運決定於上天。身居高位有甚麼可歡喜的呢？地位低下又有甚麼可悲哀的呢？孟郊赴任江南道，似乎有些鬱悶，因此我說他們的命運是上天所賜的來寬解他。

經典延伸讀

予聞世謂詩人少達而多窮，夫豈然哉？蓋世所傳詩者，多出於古窮人之辭也。凡士之蘊其所有而不得施於世者，多喜自放於山巔水涯。外見蟲魚草木風雲鳥獸之狀類，往往探其奇怪。內有憂思感憤之鬱積，其興於怨刺，以道羈臣、寡婦之所歎，而寫人情之難言，蓋愈窮則愈工。然則非詩之能窮人，殆窮者而後工也。

予友梅聖俞[1]……若使其幸得用於朝廷，作為雅頌[2]，以歌詠大宋之功德，薦之清廟[3]，而追商、周、魯《頌》之作者[4]，豈不偉歟！奈何使其老不得志，而為窮者之詩，乃徒發於蟲魚物類、羈愁感歎之言？世徒喜其工，不知其窮之久而將老也，可不惜哉！

（歐陽修《梅聖俞詩集序》）

【說文解字】

① 梅聖俞：梅堯臣（1002—1060），字聖俞，宣州宣城（今屬安徽）人。宣城古名宛陵，故又稱宛陵先生。北宋前期的著名詩人。

② 雅頌：《詩經》中的《雅》和《頌》，屬於正樂，應用於正式的場合。此處指官方的典雅的文章。

③ 薦：進獻。清廟：《詩經・周頌》中的一篇，清廟是祭祀周文王的宗廟，此處泛指宗廟。

④ 追商、周、魯《頌》之作者：《詩經》中的《頌》分為《周頌》《魯頌》和《商頌》，《頌》為宗廟的樂歌，是最典雅莊嚴的歌曲，此處意指仿照三《頌》的作者創作用於歌頌先王、禮敬神明的莊嚴文章。

【白話輕鬆讀】

我聽世人說詩人少有顯達亨通的而大多窮困潦倒。難道真是這樣嗎？大概世上所流傳的詩歌，多是古代窮困之人的言辭。凡是富於才華和抱負而又不得施展於世上的士人，大多喜歡把自己放逐到山頂和岸邊。看到外界蟲魚草木風雲鳥獸的樣子和類別，往往探究其中怪異非常的事。他們心中鬱積着憂思憤慨，用怨言與譏刺的方式，表達漂泊的臣子、孤獨的寡婦的歎息，刻畫人情中最曲折婉轉難於言傳的內容，大概越是窮困，所寫出來的作品越是精妙。如此看來不是詩歌使人窮困，恐怕是窮困的人才能創作出精妙的作品。

我的朋友梅聖俞……假如有幸能讓他供職於朝廷，創作「雅」「頌」似的典雅文章，用以歌頌大宋的功德，或者創作能夠進獻給宗廟的莊嚴文章，追步商、周、魯《頌》的作者，難道不是很偉大麼！為甚麼讓他年老也不能得志，而寫作窮困的詩歌，徒然發出蟲魚物類、離愁感歎的言語？世人只喜愛他詩歌的精妙，卻不知道他窮困已久、年華老去了，怎麼能不可惜呢！

多思考一點

韓愈在《送孟東野序》中提出了「不平則鳴」的觀點，此處的「不平」並非後世理解的「不公正」，而是泛指「不平常」。一些不平常的事影響到作者的情感和思緒，從而導致文辭的產生，這既可以是正面的如皋陶之於舜，也可以是負面的如五子之於太康。

接着，韓愈更提出了「擇其善鳴者而假之鳴」的看法。所謂「善鳴者」，是那些懂得合理運用適當的形式來表達自己「不平」的人。所謂「擇」、所謂「假」，其主體都是天，天有甄別選拔人才的權力。天擇其善者，則文章大興如三代秦漢；天不擇其善者，則文章沒落如魏晉。

最後，韓愈指出孟郊、李翺、張籍等人都是當時的「善鳴者」，他們的命運尚未可知，但是無論怎樣都應該釋然地接受天命去鳴叫自己的「不平」。

然而正如韓愈在論到魏晉文章的衰落時所感慨的：「將天醜其德莫之顧邪？何為乎不鳴其善鳴者也？」天棄其善鳴者，是因為天醜其德。那麼像孟郊這樣的善鳴者如果竟為天所棄，是否也預示着朝廷德行的衰落呢？韓愈表面上在勸慰孟郊順從命運的安排，實際上卻將鋒利的矛頭暗中指向了執政當局。此時再回頭重讀此文，其沉鬱憂憤之意可得矣。

兩百多年後，北宋歐陽修寫作了一篇《梅聖俞詩集序》，簡直可以作為韓愈此文的註腳，其中所提出的「窮者而後工」與韓愈在《荊潭唱和詩序》中所說的「夫和平之音淡薄，而愁思之聲要妙；歡愉之辭難工，而窮苦之言易好」以及《送孟東野序》中所提出的「不平則鳴」已經成為中國古代文學理論批評史上的重要理論，正可參看。

送李愿歸盤谷序①

太行之陽有盤谷②。盤谷之間，泉甘而土肥，草木藂茂③，居民鮮少。或曰：「謂其環兩山之間，故曰盤。」或曰：「是谷也，宅幽而勢阻④，隱者之所盤旋⑤。」友人李愿居之。

愿之言曰：「人之稱大丈夫者，我知之矣。利澤施於人，名聲昭於時。坐於廟朝，進退百官，而佐天子出令。其在外，則樹旗旄⑥，羅弓矢，武夫前呵，從者塞途，供給之人，各執其物，夾道而疾馳。喜有賞，怒有刑。才畯滿前⑦，道古今而譽盛德，入耳而不煩。曲眉豐頰，清聲而便體⑧，秀外而惠中，飄輕裾⑨，翳長袖⑩，粉白黛綠者，列屋而閒居，妒寵而負恃，爭妍而取憐。大丈夫之遇知於天子，用力於當世者之所為也。吾非惡此而逃之，是有命焉，不可幸而致也。

「窮居而野處，升高而望遠，坐茂樹以終日，濯清泉以自潔。採於山，美可茹⑪，釣於水，鮮可食。起居無時，惟適之安。與其有譽於前，孰若無毀於其後；與其有樂於身，孰若無憂於其心。車服不維⑫，刀鋸不加，理亂不知⑬，黜陟不聞⑭。大丈夫不遇於時者之所為也，我則行之。

「伺候於公卿之門，奔走於形勢之途，足將進而趦趄⑮，口將言而囁嚅⑯，處污穢而不羞，觸刑辟而誅戮，儌幸於萬一⑰，老死而後止者，其於為人賢不肖何如也？」

昌黎韓愈，聞其言而壯之，與之酒而為之歌曰：「盤之中，維子之宮。盤之土，可以稼。盤之泉，可濯可沿⑱。盤之阻⑲，誰爭子所？窈而深⑳，廓其有容㉑；繚而曲㉒，如往而復。嗟盤之樂兮，樂且無央㉓。虎豹遠跡兮，蛟龍遁藏。鬼神守護兮，呵禁不祥。飲且食兮壽而康，無不足兮奚所望？膏吾車兮秣吾馬㉔，從子於盤兮，終吾生以徜徉㉕。」

【說文解字】

① 李愿：隴西（甘肅隴山以西）人，隱士，生平不詳。　盤谷：地名，今河南濟源市北二十里。

② 太行之陽：太行山之南。山南水北謂之陽。

③ 蕞（粵 cung^4 普 cóng）：同「叢」。

④ 宅：處所，位置。

⑤ 盤旋：徘徊，流連。

⑥ 旄（粵 mou^4 普 máo）：飾有犛牛尾的旗幟。

⑦ 畯：通「俊」。

⑧ 便（粵 pin^4 普 pián）體：體態輕盈。

⑨ 裾（粵 geoi^1 普 jū）：衣服的前襟。

⑩ 翳（粵 ngai^3 普 yì）：遮蔽。

⑪ 茹：吃。

⑫ 維：約束，束縛。

⑬ 理亂：即治亂。唐代避高宗李治的諱，改「治」為「理」。

⑭ 黜（粵 ceot^1 普 chù）陟（粵 zik^1 普 zhì）：貶斥與升遷。

⑮ 趦（粵zi^{1} 普zī）趄（粵zeoi^{1} 普jū）：躊躇徘徊，不敢前行。

⑯ 囁（粵zip^{3} 普niè）嚅（粵jyu^{4} 普rú）：欲言又止，不敢說話。

⑰ 儌幸：同「僥倖」，冒險求利，希圖意外的利益或免除禍患。

⑱ 沿：順流而下。

⑲ 阻：險阻之地。

⑳ 窈：幽深貌。

㉑ 廓：廣闊。有容：空曠。

㉒ 繚：纏繞曲折。

㉓ 央：盡，終了。

㉔ 膏：用油脂塗抹車軸。秣：餵飼料。

㉕ 徜徉：徘徊遊蕩，安閒自在。

【白話輕鬆讀】

太行山的南面有地名盤谷。盤谷裏面，泉水甘甜，土地肥美，草木茂盛，居民稀少。有人說：「因為它盤環在兩山之間，所以稱『盤』。」有人說：「這個山谷，位置幽深險阻，是隱者所居處流連的地方。」我的朋友李愿就居住在這裏。

李愿說：「我知道那些被人們稱為『大丈夫』的人，他們將利益和恩澤施予別人，他們的名聲傳誦於當時。他們坐在朝廷之上，進用和斥退各種官員，輔佐天子發出號令。他們在外面，樹立着旗幟，陳列着弓矢，武夫在前面呵斥開道，隨從的人擠滿道路，侍奉供給的人，各自拿着東西，在道路兩旁飛快地奔跑。他們高興的時候就會行賞，發怒的時候就會施刑。有才華的人聚集在他們面前，稱說古今而讚譽他們盛大的功德，那些話聽在耳朵裏不會厭煩。那些美女，有着彎彎的眉毛和豐滿的臉頰，有着清麗的嗓音和輕盈的體態，外表秀美內心聰慧，她們善於飄揚起輕巧的衣襟或者用長袖遮蔽自己去舞蹈，她們用鉛粉撲面用黛綠畫眉，她們在各自的屋中悠閒的生活，因為自恃色藝而嫉妒得寵的人，爭着看誰更漂亮能取得主人的憐愛。這樣的生活，是遇到天子的賞識、致力於現實事務的大丈夫所過的。我並非厭惡這種生活而逃避，只是這種生活由命運掌控，不能夠僥倖獲得。

「居處在貧窮偏僻的地方，登上高處，眺望遠方，整天坐在茂密的樹蔭下，用清澈的泉水清洗自己。採摘山上出產的食物，味美可吃；在水邊釣魚，新鮮可食。起居沒有一定的時間限制，完全看怎樣舒服就怎樣做。與其當面受別人的稱讚，哪如背後沒有讒言；與其身體享樂，哪如心中無憂。不被車馬服飾束縛，也不會被刀鋸刑法制裁，不知道天下的治亂，也不管升遷還是貶斥。這是不被當世賞識的大丈夫的生活，我就是這樣做的。

「在公卿高官的門外伺候，在勢利的路中奔波，腳要邁步卻又躊躇不前，嘴要說話卻又嘀咕不語，身處於貪污腐敗之中而不知羞恥，一旦觸犯刑法就會遭到殺戮，寄託萬分之一的僥倖，一直到老死才會停止，在做人方面誰是對的誰是錯的呢？」

昌黎韓愈，聽到李愿的話很是敬佩，敬酒給他並為他歌頌道：「盤谷之中，全是你的屋宇。盤谷之土，可以耕種。盤谷之泉，可以洗浴可以順流而下。盤谷的險阻，誰能夠與你爭奪這裏？盤谷幽深，廣闊空曠；盤谷曲折，去而復來。歎息盤谷的樂趣啊，歡樂沒有盡頭。虎豹遠離這裏啊，蛟龍逃遁隱藏。鬼神守護這裏啊，呵止所有的不祥。飲酒吃飯啊長壽安康，沒有甚麼不足啊又哪有奢望？用油脂塗抹我的車軸啊喂飽我的馬，追隨你到盤谷啊，終我一生在這裏安閒自在。」

經典延伸讀

昔尋李愿向盤谷，正見高崖巨壁爭開張。是時新晴天井溢①，誰把長劍倚太行。沖風吹破落天外，飛雨白日灑洛陽。東蹈燕川食曠野②，有饋木蕨芽滿筐③。馬頭溪深不可厲④，借車載過水入箱。平沙綠浪榜方口⑤，雁鴨飛起穿垂楊。窮探極覽頗恣橫，物外日月本不忙。歸來辛苦欲誰為，坐令再往之計墮眇芒⑥。閉門長安三日雪，推書撲筆歌慨慷⑦。旁無壯士遣屬和，遠憶盧老詩顛狂⑧。開緘忽睹送歸作⑨，字向紙上皆軒昂。又知李侯竟不顧，方冬獨入崔嵬藏⑩。我今進退幾時決，十年蠢蠢隨朝行⑪。家請官供不報答⑫，何異雀鼠偷太倉⑬。行抽手版付丞相⑭，不待彈劾還耕桑。

（韓愈《盧郎中雲夫寄示送盤谷子詩兩章歌以和之》）

【說文解字】

① 天井：天井谷，在今河南濟源市北二十里盤谷西北。據《清一統志》的記載，此處有石，石上有若干深洞如井，水自上溢，則匯聚而下，遠看如同倚劍。

② 燕川：盤谷附近的地名。

③ 蕨：蕨菜，嫩葉可食。據《爾雅翼》所云，山野之民今年焚山，則來年蕨菜繁生，舊蕨所生之處，蕨葉老硬紛披，《本草》稱為木蕨。詩中所謂木蕨芽，即生於「木蕨」之上的蕨菜的嫩芽。

④ 馬頭溪：在今河南濟源市東北八里。厲：連衣涉水。

⑤ 榜：船槳，引申為划船。 方口：即枋口堰，在今河南濟源市東北三十里五龍口鎮附近。

⑥ 坐：徒然，白白地。 眇芒：即「渺茫」，空虛，虛無。

⑦ 撲筆：擱筆，擲筆。

⑧ 盧老：即詩題中的盧郎中，名汀，字雲夫，生平不詳。

⑨ 緘：書信。 送歸作：即《送李愿歸盤谷序》。

⑩ 崔嵬：山高貌，代指山中盤谷。

⑪ 十年蠢蠢隨朝行：韓愈自貞元十八年（802）為國子監四門博士，這是中央直屬官員，故稱「朝行」，十年隨朝行，則此詩大約作於元和七年（812）。蠢蠢，愚昧無知的樣子。

⑫ 家請：職田月俸。官供：餐錢役食。

⑬ 太倉：京師中的大糧倉。

⑭ 手版：即笏，古代大臣上朝時手執的長條形的板子，用來記事。

【白話輕鬆讀】

昔日尋訪李愿去到盤谷，看到高高的懸崖巨大的石壁聳立兩旁如同門開一樣。那時候天空剛剛放晴，天井谷的溪水漲溢匯聚而下，是誰把一把長劍倚靠在太行山上？激蕩的風吹破水簾把水吹向天外，白天天空就下起雨來灑向洛陽。向東走到燕川在曠野中進食，有人送給我一滿筐的蕨菜。馬頭溪的水太深不可以連衣渡過去，借了輛馬車載我過水水已淹進車廂。在划船渡枋口時看見寬廣的沙灘與綠色的波浪，大雁和野鴨飛起來穿過垂楊。在那裏恣意地到處探尋極力遊覽，世務外的生活原本並不繁忙。從盤谷回來後整日辛苦為了誰呢？白白地讓再去盤谷的計畫淪為虛無。長安城中下了三天雪閉門不出，扔下書本和毛筆慷慨歌唱。然而旁邊沒有壯士能夠與我附和，回憶起盧老曾經寫過的詩感到興奮癲狂。打開曾經的信紙忽然看到以前寫的《送李愿歸盤谷序》，紙張上的字全都是遒勁高昂。又聽說李愿竟然不顧冬天獨自進入盤谷居住隱藏。我如今的進退甚麼時候才能夠決定呢？十年來愚昧無知地隨着朝廷的指令行事。獲得的俸祿和使用的公款都不曾回報，這與鳥雀老鼠偷吃太倉中的糧食有甚麼不同呢？臨行抽出笏板交給丞相，不等別人彈劾我就辭官回去耕田種桑了。

多思考一點

《送李愿歸盤谷序》作於貞元十七年（801），韓愈三十四歲，從政五年，一直充當節度使幕僚，尚未正式入朝為官。在這篇文章中，韓愈將不能「遇知於天子，用力於當世」歸結為命運使然，命運不可追求，然而生活道路卻可選擇，因此韓愈將目光投向了盤谷，對於李愿的隱居抱有極大的同情與敬佩，同時不忘對於伺候奔走、趑趄囁嚅的苟且生活做出批評。顯然，這篇文章包含了韓愈的切身體會。對於韓愈來說，人格的獨立與尊嚴是第一位的，如果不能保持人格那麼寧願隱居遠離，如果能夠保持人格並且獲得重用，那當然是最理想的狀態。可惜對於大多數人來說這二者永遠都是空中樓閣。觀其十年後所作《盧郎中雲夫寄示送盤谷子詩兩章歌以和之》詩可知。朝行十年，而韓愈依然想「不待彈劾還耕桑」。當然韓愈始終也不曾「還耕桑」。中國古代的知識分子在仕途中不斷調整自己的認識與抉擇，把出處之際的界限越來越模糊化，或許是身不由己，或許是言不由衷。無論怎樣，韓愈所指出的兩條路是所有古代士人的夢想，大家在夾縫中生存，考驗着自己的耐力，對於人生也理解得越來越深刻，有些可以言之成理、傳之後世，有些則只能意會、不可言傳。好在正直的文章、偉大的理想還留在文章裏，足以激勵後人。

韓愈的這篇文章影響力很大，剛寫出來就被人刻上石碑。後來蘇軾更是對此文推崇備至，他說：「歐陽公言：晉無文章，惟陶淵明《歸去來兮辭》而已。余謂唐無文章，惟韓退之《送李愿歸盤谷序》而已。平生欲效此作，每執筆輒罷。因自笑曰：不若且放，教退之獨步。」蘇軾、韓愈，可謂惺惺相惜也。

柳宗元

柳宗元（773—819），字子厚，祖籍河東解縣（今山西運城市西南解州），故世稱「柳河東」。柳宗元出生於長安，二十一歲中進士，仕途順利。後因參與王叔文的「永貞革新」遭到貶謫，先是被貶為永州（今屬湖南）司馬，約十年後再被貶為柳州（今屬廣西）刺史，最後病死在柳州。故又稱為「柳柳州」。柳宗元與韓愈都是唐代古文運動的重要作者，世稱「韓柳」。

捕蛇者說

永州之野產異蛇[1]，黑質而白章，觸草木盡死，以齧人，無禦之者。然得而腊之以為餌[2]，可以已大風、攣踠、瘻、癘[3]，去死肌，殺三蟲[4]。其始，太醫以王命聚之，歲賦其二，募有能捕之者，當其租入，永之人爭奔走焉。

有蔣氏者，專其利三世矣。問之，則曰：「吾祖死於是，吾父死於是，今吾嗣為之十二年，幾死者數矣。」言之，貌若甚戚者。

余悲之，且曰：「若毒之乎？余將告於蒞事者[5]，更若役，復若賦，則何如？」

蔣氏大戚，汪然出涕曰：「君將哀而生之乎？則吾斯役之不幸，未若復吾賦不幸之甚也。向吾不為斯役，則久已病矣。自吾氏三世居是鄉，積於今六十歲矣，而鄉鄰之生日蹙[6]，殫其地之出，竭其廬之入，號呼而轉徙，飢渴而頓踣[7]，觸風雨，犯寒暑，呼噓毒癘，往往而死者相藉也[8]。曩與吾祖居者，今其室十無一焉；與吾父居者，今其室十無二三焉；與吾居十二年者，今其室十無四五焉，非死則徙爾，而吾以捕蛇獨存。悍吏之來吾鄉，叫囂乎東西，隳突乎南北[9]，譁然而駭者，雖雞狗不得寧焉。吾恂恂而起[10]，視其缶，而吾蛇尚存，則弛然而臥。謹食之，時而獻焉。退而甘食其土之有，以盡吾齒[11]。蓋一歲之犯死者二焉，其餘則熙熙而樂，豈若吾鄉鄰之旦旦有是哉！今雖死乎此，比吾鄉鄰之死則已後矣，又安敢毒耶？」

余聞而愈悲。孔子曰：「苛政猛於虎也⑫。」吾嘗疑乎是，今以蔣氏觀之，猶信。嗚呼！孰知賦斂之毒，有甚是蛇者乎！故為之說，以俟夫觀人風者得焉⑬。

【說文解字】

① 永州：今湖南永州市及周邊地區。

② 腊（粵sik1 普xī）：做成乾肉。餌：藥物。

③ 已：治癒，治療。大風：痲風病。攣踠（粵jyun2 普wǎn）：手足屈曲不能伸展。瘻（粵lau6 普lòu）：脖子腫。癘（粵lai6 普lì）：毒瘡。下文「呼噓毒癘」之「癘」，義為瘴氣、疫氣。

④ 三蟲：人體中的三種寄生蟲。

⑤ 蒞事者：治理政事的人，指行政長官。

⑥ 蹙（粵cuk1 普cù）：窘迫。

⑦ 頓踣（粵baak6 普bó）：困頓跌倒。

⑧ 藉：鋪、墊。

⑨ 隳（粵fai1 普huī）突：橫行，騷擾。

⑩ 恂恂（粵seon1 普xún）：擔心的樣子。

⑪ 齒：年歲，生活。

⑫ 苛政猛於虎也：語出《禮記・檀弓》。

⑬ 人風：即「民風」，唐避太祖李世民的諱，改「民」為「人」。

【白話輕鬆讀】

永州的郊野出產一種奇特的毒蛇，黑皮白花紋，牠碰過的草木全都枯死，咬人，人沒有能抵禦牠而活下來的。但是如果捉到這種蛇把牠曬乾當做藥材，可以治療麻風、手足蜷曲、脖子腫、毒瘡，可以去除壞死的肌膚，殺滅人體中的寄生蟲。起初，太醫用皇帝的命令來徵集牠，每年收取兩次，招募能捕捉這種蛇的人，用蛇充當他們的賦税，永州的人爭相應募。

有户姓蔣的人家，獨佔這一權利已經三代人了。問他，他説：「我的祖父死在這件事上，我的父親死在這件事上，如今我繼承這一差事十二年了，好幾次都差點死掉。」説話的時候，神色很是悲傷。

我為他感到哀痛，就説：「你以這差事為痛苦麼？我會告訴負責此事的長官，更改你的差役，恢復你的賦税，這樣如何？」

這位姓蔣的人更加悲傷起來，眼淚汪汪地説：「先生是憐憫我讓我活下去麼？那麼我這差事的不幸，遠比不上恢復我的賦税的不幸啊。假如我不承擔這個差事，早就困苦不堪了。我們家三代居住這裏，到今天累計六十年了，我的鄉親和鄰居的生活日益窘迫，竭盡了耕地上的出產和家中的收入，哭號呼叫而轉移遷徙，忍飢受渴而困頓倒地，冒着風雨，捱着寒暑，呼吸着瘴氣，死掉的人經常是一層墊着一層。從前與我的祖父共同居住在這裏的人家，如今十不存一；與我的父親共同居住在這裏的人家，如今只剩下不到十分之二三；與我共同居住在這裏十二年的人家，如今只剩下不到十分之四五。那些人家不是死掉就是遷走了，而唯獨我因為捕蛇能夠活下來。兇橫的差人來到我們的鄉裏，四處呼喝騷擾，即使是雞狗也被吵鬧驚嚇的不得安寧。我擔心地起牀，看瓦罐中我逮到的蛇還在，就可以放鬆地躺下來。小心翼翼地餵養牠，到時候把牠獻上去。回到家安心地吃着地裏長出來的糧食，以此度過我的生活。一年之中只要冒兩次生命危險，其餘的時候則怡然安樂，哪像我的鄉鄰那樣每天都要冒生命危險呢？今天即使我死在這差事上，相比於我的鄉鄰的死也已經是死得很晚了，又怎麼敢怨恨它呢？」

我聽到這番話更加的悲痛。孔子說：「苛酷的暴政比老虎還要兇猛。」我曾經懷疑這種說法，今天用姓蔣的人來看，還真是如此。啊呀！誰知道賦稅的禍害，比那毒蛇還要厲害呢！因此我作了這篇文章，用以等待那些採訪民間疾苦的官員來參考。

經典延伸讀

孔子過泰山側，有婦人哭於墓者而哀。夫子式而聽之①，使子路問之曰：「子之哭也，壹似重有憂者②。」而曰③：「然。昔者吾舅死於虎④，吾夫又死焉，今吾子又死焉！」夫子曰：「何為不去也？」曰：「無苛政。」夫子曰：「小子識之⑤！苛政猛於虎也。」

（《禮記・檀弓下》）

【說文解字】

① 式：通「軾」，車廂前供扶手的橫木。此處用作動詞，指伏身憑軾，以示敬意。

② 壹：實在、確實，表示強調。 重：重疊、接連。

③ 而：乃。

④ 舅：丈夫的父親。

⑤ 識（粵zi3 普zhì）：記住。

【白話輕鬆讀】

孔子路過泰山的旁邊，有一位在墓前哭泣的婦女哭聲哀切。孔子恭敬地扶車聽她的哭聲，讓子路問她道：「你的哭聲，實在很像接連遇到了悲慘的事。」婦人說：「是的。從前，我丈夫的父親被老虎咬死，我的丈夫也被老虎咬死，如今我的兒子又被老虎咬死了！」孔子說：「為甚麼不離開呢？」婦人說：「這裏沒有暴政。」孔子說：「徒弟們記住了！暴政比老虎還要兇猛呢。」

多思考一點

柳宗元在《寄京兆許孟容書》中說自己「唯以中正信義為志，以興堯舜孔子之道，利安元元為務。」這篇《捕蛇者說》就是從這一目的出發，結合自己的切身體會，仿效孔子「苛政猛於虎」的命題而作。柳宗元借蔣氏之口，鋪敘民生之艱，希望文章能為「觀人風者得焉」，其一片熱腸，旨在救百姓於水火，所謂「文以載道」，正謂此也。柳宗元之用心真令我輩仰慕不已。

如韓愈在《送李愿歸盤谷序》中所說，士人的隱居為的是保持人格的獨立與尊嚴。而如孔子或柳宗元所云，則「苛政猛於虎」「賦斂毒於蛇」是促使老百姓「隱居」（寧願與猛獸毒蟲為伴）的原因。從上到下的人都正在或者準備逃離，桃花源或是虛構，痛苦絕對真實，空出來偌大個帝國，留給愈加精妙的詩歌。

鈷鉧潭西小丘記[1]

得西山後八日[2]，尋山口西北道二百步[3]，又得鈷鉧潭[4]。西二十五步，當湍而浚者為魚梁[5]。梁之上有丘焉，生竹樹。其石之突怒偃蹇[6]，負土而出，爭為奇狀者，殆不可數。其嶔然相累而下者[7]，若牛馬之飲於溪；其沖然角列而上者[8]，若熊羆之登於山[9]。

丘之小不能一畝，可以籠而有之。問其主，曰：「唐氏之棄地，貨而不售[10]。」問其價，曰：「止四百。」余憐而售之[11]。李深源、元克己時同遊，皆大喜，出自意外。即更取器用，鏟刈穢草[12]，伐去惡木，烈火而焚之。嘉木立，美竹露，奇石顯。由其中以望，則山之高，雲之浮，溪之流，鳥獸之遨遊，舉熙熙然迴巧獻技[13]，以效茲丘之下[14]。枕席而臥，則清泠之狀與目謀[15]，瀯瀯之聲與耳謀[16]，悠然而虛者與神謀，淵然而靜者與心謀。不匝旬而得異地者二[17]，雖古好事之士，或未能至焉！

噫！以茲丘之勝，致之灃、鎬、鄠、杜[18]，則貴遊之士爭買者[19]，日增千金而愈不可得。今棄是州也，農夫漁父過而陋之，價四百，連歲不能售。而我與深源、克己獨喜得之，是其果有遭乎[20]？書於石，所以賀茲丘之遭也。

【說文解字】

① 鈷鉧潭西小丘記：這是柳宗元著名的系列山水遊記「永州八記」之一。所謂「永州八記」指：《始得西山宴遊記》《鈷鉧潭記》《鈷鉧潭西小丘記》《至小丘西小石潭記》《袁家渴記》《石渠記》《石澗記》《小石城山記》。前四記作於唐元和四年（809）秋，後四記作於元和七年（812）秋。

② 西山：在永州城西。

③ 尋：沿着。　步：古代以六尺為步。

④ 鈷（粵gu^2 普gǔ）鉧（粵mou^5 普mǔ）潭：鈷鉧是熨斗，因水潭形似熨斗，故稱鈷鉧潭。

⑤ 浚：深。　魚梁：攔水捕魚的低壩，用土石橫截水流，中間留有缺口，再用竹編的漁具置於缺口以捕魚。

⑥ 突怒：形容石頭崛起峭立。　偃蹇：高聳貌。

⑦ 嶔（粵jam^1 普qīn）然：險峻貌。

⑧ 沖然：上聳貌。　角列：如同羅列的犄角一樣。

⑨ 羆（粵bei^1 普pí）：類似熊的一種野獸，又稱馬熊、人熊。

⑩ 貨：出賣。　售：賣出去。

⑪ 售之：使之售出，即買下。

⑫ 刈（粵ngaai^6 普yì）：用鐮刀割取。

⑬ 舉：皆，全。　熙熙然：和樂歡快貌。　迴巧：指山、雲、溪呈現出各種優美的姿態。　獻技：指鳥獸呈獻出各種優美的姿態。

⑭ 效：呈獻。

⑮ 清泠（粵ling^4 普líng）：清泠爽淨。

⑯ 瀯（粵jing^4 普yíng）：水流聲。

⑰ 匝：環繞一周，不匝旬就是不到十天。　得異地者二：指西山和鈷鉧潭西小丘。

⑱ 灃（粵fung^1 普fēng）：即「豐」，周文王曾建都於此，在今陝西戶縣東。　鎬（粵hou^6 普hào）：周武王的都城，在今陝西西安市

西。鄠（粵wu6 普hù）：即今天陝西戶縣。杜：地在今陝西西安市南杜城。灃、鎬、鄠、杜環繞唐都長安，是名門貴族遊賞之地。

⑲ 貴遊：無官職的王宮貴族，泛指顯貴。

⑳ 遭：遭遇，際遇。

【白話輕鬆讀】

到得西山後八天，沿着山口向西北走二百步，又發現了鈷鉧潭。潭向西二十五步，在水又急又深的地方築有魚梁。魚梁上面有個小丘，生長着竹子和樹木。小丘上的石頭崛起聳立，彷彿從土中鑽出來一樣，它們爭相展現出奇異的樣子，多得幾乎數不清。有些險峻的石頭層層累積向下，好像牛馬在溪中飲水；有些上聳的石頭如同犄角羅列向上，好像熊羆在攀爬山坡。

山丘很小不到一畝，似乎可以用籠子裝走。詢問它的主人，那人說：「這是唐氏不要的土地，雖然出售卻一直賣不出去。」問這小丘的價錢，那人說：「只要四百文。」我喜歡這兒就把它買了下來。當時李深源、元克己二人與我結伴遊覽，都非常高興，沒有想到能得此小丘。於是我們輪番拿着各種工具，剷除蕪穢的野草，砍去惡劣的樹木，燃起大火焚燒小丘。經過這樣的整治，良木樹立，美竹展露，奇石突顯。從小丘中眺望，山峰高峻，雲彩飄浮，溪水流淌，鳥獸奔跑飛翔，全都歡快地展現出優美的姿態，並將其呈獻在這座小丘之下。躺在席子上，清冷爽淨的環境與眼睛相逢，瀯瀯的流水聲與耳朵相逢，悠然空明的境界與精神相逢，深沉寧靜的狀態與心靈相逢。不到十天而得到兩塊不同尋常的勝地，即使是古代喜歡遊賞的人，或許也不能達到吧。

啊！憑藉這小丘的美景，如果把它放到灃、鎬、鄠、杜等地，那麼那些搶着購買的當朝顯貴，每天加價千金卻更是買不到手。如今它被拋棄在這裏，農夫和漁父經過它以為它沒有價值，售價四百，幾年都賣不出去。而唯獨我與李深源、元克己很高興能得到它，這難道果然有甚麼因緣際遇麼！將此文寫在石頭上，用來慶賀這座小丘的遭遇。

經典延伸讀

自西山道口徑北，逾黃茅嶺而下，有二道。其一西出，尋之無所得；其一少北而東，不過四十丈，土斷而川分，有積石橫當其垠。其上為睥睨梁欐之形[1]；其旁出堡塢[2]，有若門焉。窺之正黑，投以小石，洞然有水聲，其響之激越，良久乃已。環之可上，望甚遠，無土壤，而生嘉樹美箭[3]，益奇而堅。其疏數偃仰，類智者所施設也。

噫！吾疑造物者之有無久矣。及是愈以為誠有。又怪其不為之於中州，而列是夷狄，更千百年不得一售其伎④，是固勞而無用，神者儻不宜如是⑤。則其果無乎？或曰：「以慰夫賢而辱於此者。」或曰：「其氣之靈，不為偉人，而獨為是物。故楚之南，少人而多石。」是二者，余未信之。

（柳宗元《小石城山記》）

【說文解字】

① 睥（粵pai5 普pì）睨（粵ngai6 普nì）：城牆上呈鋸齒狀的女牆。梁欐（粵lai6 普lì）：房梁。

② 堡塢：小城。

③ 箭：竹子的一種，可作箭桿。

④ 伎：通「技」，才能。

⑤ 儻（粵tong2 普tǎng）：倘若，或者。

【白話輕鬆讀】

從西山路口一直向北，翻過黃茅嶺向下，有兩條路。一條向西，沿着這條路走找不到甚麼；另一條向東偏北，走不過四十丈遠，土路為河水阻斷，有層疊的石頭橫在路的盡頭。石頭上方為女牆和房梁的形狀，旁邊又伸出一座小城，似乎有門洞。向裏面窺探，一片漆黑，扔顆小石頭進去，空洞洞地有落水的聲音，落水聲高亢清澈，回聲很久才止息。環繞小城有路可以上去，在上面可以看到很遠的地方，城上沒有土壤，但是卻生長着美好的樹木與箭竹，格外的美異堅實，這裏無論是空闊還是繁密無論是低伏還是高仰，都如同是有智慧的人佈置出來的。

啊！我懷疑造物主的有無很久了。到這裏，我更加認為一定有。又奇怪造物主為甚麼不把這樣美的東西造在中原，反而將它放置在邊遠地區，經過千百年也得不到機會顯示一下自己的才能，這樣肯定是白白費力而沒有作用。神明假如不應該這樣，那麼神明果然是沒有的麼？有人說：「這是為了安慰那些賢良而辱沒於此的人。」有人說：「天地的靈氣不鍾情於偉大的人，而唯獨鍾情於石頭，因此楚地之南人才稀少而美石眾多。」這兩人所說的，我不相信。

多思考一點

柳宗元的「永州八記」，既是精緻的寫景佳作，又是寄慨遙深的抒情小品。其中，尤以《鈷鉧潭西小丘記》和《小石城山記》為代表。兩篇文章結構相似，先寫景物，寥寥數筆，形神畢現；再發議論，則借題發揮、反言若正，懷才不遇、斥逐遠徙之無奈與鬱憤蘊於其中。柳宗元筆下的永州山水，如同一幅寫意畫，留白處全是感慨，筆墨裏盡是精神，讀來別有神韻。

范仲淹

范仲淹（989—1052），字希文，吳縣（今江蘇蘇州）人。宋真宗大中祥符八年（1015）進士。宋仁宗康定元年（1040）任陝西經略安撫副使兼知延州（今延安），抵禦西夏的進犯。慶曆三年（1043）任樞密副使、參知政事，呼籲改革朝政，史稱「慶曆新政」，旋即失敗，慶曆四年（1044）外任陝西東路宣撫使，後又輾轉地方，最後死於赴任途中。謚文正。

岳陽樓記[1]

慶曆四年春[2]，滕子京謫守巴陵郡[3]。越明年，政通人和，百廢具興。乃重修岳陽樓，增其舊制，刻唐賢、今人詩賦於其上，屬予作文以記之[4]。

予觀夫巴陵勝狀，在洞庭一湖[5]。銜遠山，吞長江，浩浩湯湯[6]，橫無際涯；朝暉夕陰，氣象萬千。此則岳陽樓之大觀也，前人之述備矣。然則北通巫峽[7]，南極瀟湘[8]，遷客騷人[9]，多會於此，覽物之情，得無異乎？

若夫霪雨霏霏[10]，連月不開，陰風怒號，濁浪排空；日星隱曜[11]，山嶽潛形；商旅不行，檣傾楫摧[12]；薄暮冥冥，虎嘯猿啼。登斯樓也，則有去國懷鄉，憂讒畏譏，滿目蕭然，感極而悲者矣。

至若春和景明，波瀾不驚；上下天光，一碧萬頃；沙鷗翔集，錦鱗游泳；岸芷汀蘭，郁郁青青。而或長煙一空，皓月千里，浮光耀金，靜影沉璧，漁歌互答，此樂何極！登斯樓也，則有心曠神怡，寵辱皆忘，把酒臨風，其喜洋洋者矣！

嗟夫！予嘗求古仁人之心，或異二者之為。何哉？不以物喜，不以己悲。居廟堂之高，則憂其民；處江湖之遠，則憂其君。是進亦憂，退亦憂。然則何時而樂耶？其必曰「先天下之憂而憂，後天下之樂而樂」歟！噫！微斯人，吾誰與歸？

【說文解字】

① 岳陽樓記：文末本有「時六年九月十五日」一句，《古文觀止》選文時刪去。據此，則文章作於宋仁宗慶曆六年（1046），時范仲淹改革失敗貶官鄧州（今屬河南）。岳陽樓本為巴陵縣（今湖南岳陽）城西門樓，下瞰洞庭，遙望君山，風景秀美，唐人張說為官於此，每與才士登樓賦詩，從此知名。

② 慶曆四年：公元 1044 年。

③ 滕子京：滕宗諒，字子京，河南（今河南洛陽）人。與范仲淹同年進士。滕宗諒曾參與抵抗西夏的戰爭，後為人構陷，貶知岳州（即巴陵郡）。　巴陵郡：治所在巴陵縣，即今湖南岳陽市。

④ 屬（粵 zuk1 普 zhǔ）：託付，囑託。

⑤ 洞庭一湖：洞庭湖在湖南北部，長江南岸。

⑥ 浩浩湯湯（粵 soeng1 普 shāng）：水勢浩渺、翻騰狀。

⑦ 巫峽：長江三峽之一，在今四川巫山縣東。

⑧ 瀟湘：即湘水，湘水在湖南零陵匯合瀟水，北流入洞庭。

⑨ 遷客：被貶謫的人。　騷人：詩人。

⑩ 霪（粵 jam4 普 yín）：久雨。　霏霏：雨雪盛貌。

⑪ 曜（粵 jiu6 普 yào）：光芒。

⑫ 檣（粵 coeng4 普 qiáng）：桅杆。　楫（粵 zip3 普 jí）：船槳。

【白話輕鬆讀】

慶曆四年春，滕子京被貶為巴陵郡守（岳州知州）。第二年，他就把此地治理得政事通順、人民安樂，各種廢弛的事業都開始興起。於是，他重新修整岳陽樓，擴大舊有的規模，將唐代名賢以及今人的詩賦作品刻在樓中，並託付我寫文章記述此事。

我看那巴陵的美景，在洞庭湖。此湖銜接遠山，吞吐長江，水勢浩渺，寬闊沒有邊界；晨光輝映，落日黃昏，景色千變萬化。這是岳陽樓雄偉的景致。前人述說的已經很詳盡了。然而，洞庭湖向北可以通到長江的巫峽，向南直到湘水流域，被貶的官員與詩人們，多會聚在此，觀賞景物的心情，能沒有差別麼？

如果久雨連綿不絕，幾個月都不晴天，陰冷的風憤怒地呼號，渾濁的浪直擊天空，太陽和星辰都不見了光芒，山嶽也隱藏了身形，商人旅客不能前進，桅杆傾倒船槳摧折，傍晚一片昏暗，老虎長嘯猿猴哀鳴。此時登上岳陽樓，就會感到遠離故土懷念家鄉，憂慮讒言畏懼誹謗，滿眼蕭瑟淒涼乃至感慨至極悲哀傷痛。

至於春天和暖，陽光明媚，波瀾平靜，天光湖色連成一片萬頃的碧綠色，沙鷗或飛或落，魚兒游來游去，岸上的芷草小洲上的蘭草，香氣襲人、青葱茂盛。或者彌漫的煙霧散去，皎潔的月光照亮千里，水面反射的月光閃爍躍動着金色，月亮那安靜的影子如同沉在水中的白玉，捕魚者的歌聲彼此唱和，這種快樂哪有盡頭！此時登上岳陽樓，就會感到心胸開闊精神愉悅，榮辱得失一概忘掉，迎着風端着酒杯，滿心歡喜。

唉！我曾經探求古代仁人的思想，他們或許與這兩種人的行為不同。為甚麼呢？他們不因為外物而歡喜，也不因為自己而悲傷。身居朝廷高位，就為人民擔憂；身處民間草野，就為君主擔憂。如此做官也擔憂不做官也擔憂。那麼甚麼時候才能高興呢？他們一定說：「在天下人擔憂前擔憂，在天下人高興後高興」啊！唉！如果不是這樣的人，我與誰一起歸去呢？

經典延伸讀

范文正公在當時諸公間第一品人也。故余每於人家見尺牘寸紙①，未嘗不愛賞彌日，想見其人。所謂「先天下之憂而憂，後天下之樂而樂」，此文正公飲食起居之間先行之而後載於言者也。

（黃庭堅《跋范文正公詩》）

【說文解字】

① 尺牘：長一尺的狹長的木板，用以書寫。後世代指書信。寸紙：短小的紙張，也指信札。

【白話輕鬆讀】

范仲淹在當時眾人中是第一等人物。因此我每次在人家裏見到他簡短的書信，從沒有不珍惜欣賞一整天的，想像着見識到他的真人。所說的「在天下人擔憂前擔憂，在天下人高興後高興」，這是范仲淹平常飲食臥起時先親自實行然後才用文字表達出來的。

多思考一點

《岳陽樓記》是千古傳誦的名篇。其有名一方面是因為范仲淹用對仗工整的駢體描寫岳陽樓的陰陽景色，文字精美，節奏鏗鏘，境界闊大。另一方面則是因為范仲淹從看風景中提煉出「先天下之憂而憂，後天下之樂而樂」的警句，這句話不僅是范仲淹自身的寫照，更是此後無數知識分子引為座右銘的理想追求。

范仲淹一生的主要精力並沒有放在文學創作上，然而所作的文章與詩詞往往能從精緻的風景描寫中提煉出深沉的思慮與情感，感人至深，膾炙人口。范仲淹是善養其「浩然之氣」者也，真氣縱橫，文章自然無矯飾，多慷慨，有壯聲。

歐陽修

歐陽修（1007—1072），字永叔，號醉翁，晚號六一居士，廬陵（今江西吉安市東北）人。宋仁宗天聖八年（1030）進士，次年赴洛陽任留守推官，結識尹洙、梅堯臣、富弼等人，相互議論唱和，「以文章名冠天下」。後入朝為官，積極參與范仲淹的改革活動。嘉祐二年（1057），知禮部貢舉，黜落當時怪僻生澀的「太學體」，選拔了蘇軾、蘇轍、曾鞏、程顥、張載等用平易古文寫作的人才。嘉祐六年（1061），任參知政事。宋神宗熙寧四年（1071）致仕，次年病逝。謚文忠。歐陽修是當時的文壇領袖，積極宣導詩文革新，反對空虛浮靡的文風，推崇韓愈古文，獎掖後進人才。與韓愈、柳宗元以及王安石、曾鞏、三蘇父子被後世稱為「唐宋古文八大家」。

五代史伶官傳序①

嗚呼！盛衰之理，雖曰天命，豈非人事哉！原莊宗之所以得天下②，與其所以失之者，可以知之矣。

世言晉王之將終也③，以三矢賜莊宗而告之曰：「梁④，吾仇也；燕王⑤，吾所立；契丹與吾約為兄弟⑥，而皆背晉以歸梁。此三者，吾遺恨也。與爾三矢，爾其無忘乃父之志！」莊宗受而藏之於廟。其後用兵，則遣從事以一少牢告廟⑦，請其矢，盛以錦囊，負而前驅，及凱旋而納之。

方其繫燕父子以組⑧，函梁君臣之首⑨，入於太廟，還矢先王，而告以成功，其意氣之盛，可謂壯哉！及仇讎已滅⑩，天下已定，一夫夜呼⑪，亂者四應，倉皇東出，未見賊而士卒離散⑫，君臣相顧，不知所歸，至於誓天斷髮⑬，泣下沾襟，何其衰也！豈得之難而失之易歟？抑本其成敗之跡，而皆自於人歟？

《書》曰：「滿招損，謙受益⑭。」憂勞可以興國，逸豫可以亡身，自然之理也。故方其盛也，舉天下之豪傑，莫能與之爭；及其衰也，數十伶人困之⑮，而身死國滅⑯，為天下笑。夫禍患常積於忽微，而智勇多困於所溺，豈獨伶人也哉！

【說文解字】

① 五代史伶官傳序：這篇文章是歐陽修所編撰《新五代史・伶官傳》的序言。伶官即樂官。

② 莊宗：後唐莊宗李存勖。後梁龍德三年（923）即帝位，改元同光。同光四年（926）兵變被殺。

③ 晉王：李存勖的父親李克用，唐昭宗乾寧二年（895）進封為晉王。

④ 梁：五代時的朱溫所建後梁。唐僖宗中和四年（884），李克用追剿黃巢軍至山東，返回途中經過開封，朱溫在上源驛設宴款待，夜晚卻埋伏士兵刺殺李克用，李克用倉惶逃出，從此與朱溫結仇，後李克用的兒子李存勖終於滅掉了後梁。

⑤ 燕王：劉仁恭。劉仁恭本事幽州李可舉、李匡威父子，因依附晉王李克用，得掌幽州，後叛李克用。李存勖最終滅燕，殺劉仁恭祭奠李克用。

⑥ 契丹：中國北方民族，原主要活動於內蒙古老哈河與西拉木倫河流域，後勢力逐漸擴張。天祐二年（905），契丹首領耶律阿保機與晉王李克用結盟，約為兄弟，但很快就背棄盟誓，稱臣於後梁，為甥舅之國，約共舉兵滅晉。李克用大恨之。後阿保機屢次進攻幽州，均為李存勖擊退。

⑦ 從事：漢代以後三公以及州郡長官自己聘任的官員稱為從事，此處泛指相關官員。　少牢：古代祭祀，牛、羊、豬各一稱太牢，只有一羊一豬則稱少牢。

⑧ 方其繫燕父子以組：指俘虜劉仁恭、劉守光。據《新五代史・劉守光傳》記載：「晉王至太原，仁恭父子曳以組練，獻於太廟。」組即絲帶。

⑨ 函梁君臣之首：據《新五代史・梁家人傳・末帝次妃郭氏傳》記載：「初，莊宗之入汴

也，末帝（案：即後梁末帝朱友貞）登建國樓，謂控鶴指揮使皇甫麟曰：『吾，晉世仇也，不可俟彼刀鋸，卿可盡我命，無使我落仇人之手！』麟與帝相持慟哭。是夕，進刃於帝，麟亦自剄。莊宗入汴，命河南張全義葬其屍，藏其首於太社。」

⑩仇讎：仇人，仇敵。

⑪一夫夜呼：指皇甫暉。皇甫暉為魏州（今河北大名北）軍卒，鼓動兵變，終至天下大亂。《新五代史・皇甫暉傳》以為「莊宗之禍自暉始」。

⑫未見賊而士卒離散：魏州兵變，莊宗李存勖親率軍東征，所率諸軍離散，不得不返回洛陽。

⑬至於誓天斷髮：據《舊五代史・莊宗紀》載：莊宗李存勖返回洛陽途中，「置酒野次，悲啼不樂……於是百餘人皆援刀斷髮，置髻於地，以斷首自誓，上下無不悲號，識者以為不祥」。

⑭滿招損，謙受益：語出《偽古文尚書・大禹謨》。

⑮數十伶人困之：郭從謙，倡優出身，任莊宗李存勖親軍指揮使，莊宗親征平叛未果，返回洛陽，郭從謙率部發動叛亂，李存勖在亂軍之中中箭身亡。

⑯身死國滅：後唐名將李嗣源本是李克用軍中將官之子，李克用以之為養子，莊宗李存勖派其討伐魏州叛軍，李嗣源被嘩變的部隊裹挾叛變，回師進攻洛陽，李存勖死後，李嗣源即位，稱唐明宗。

【白話輕鬆讀】

唉！興盛與衰亡的緣由，雖說是天命，難道與人事無關麼！推究唐莊宗李存勖之所以得到天下以及其所以失去天下的原因，就可以知道了。

傳說晉王李克用臨死之前，把三支箭賜給莊宗，告訴他說：「梁，是我的仇敵；燕王劉仁恭，是我立的；契丹的耶律阿保機與我結盟為兄弟，然而燕與契丹都背叛我而歸附於梁。他們是我的遺恨。給你三支箭，不要忘記你父親我的志向！」莊宗接受了三支箭，將它們收藏在宗廟之中。以後莊宗凡作戰，就派官員用豬羊各一祭祀於宗廟，請出這三支箭，用錦囊盛放，背着它驅馳前進，等到勝利歸來再將它收藏起來。

當他把劉仁恭、劉守光父子捆縛起來，把梁國君臣的頭顱盛在盒子裏，走進太廟，歸還三支箭，祭祀並告訴先王已經完成遺願時，他的意氣可以說盛大雄壯！等到仇敵已滅，天下已定，一個人在夜晚鼓動叛亂，四方都起來回應，莊宗倉促率軍向東親征，還沒遇見敵人而士兵已經潰逃，君臣面面相覷，不知道該怎麼辦，乃至割下頭髮向天發誓，哭的眼淚沾濕衣襟，怎麼會如此淒慘！難道是獲得很難而失去容易麼？又或者推究他成敗的經過，都是源自人的因素嗎？

《尚書》中說：「自滿會引來損害，謙虛會獲得補益。」憂慮操勞可以振興國家，安逸享樂可以丟掉性命，這是當然的道理。因此當他強盛的時候，天下所有的豪傑，都不能與他相爭；等到他衰落的時候，幾十個樂人圍困他，導致身死國滅，被天下嘲笑。災禍和危難常常是從一些微小的事情中積累起來的，而智慧和勇氣常常被所沉溺的事情牽制，哪裏只是因為那些樂人呢！

經典延伸讀

莊宗以雄圖而起河汾①，以力戰而平汴洛②，家讎既雪，國祚中興，雖少康之嗣夏配天③，光武之膺圖受命④，亦無以加也。然得之孔勞⑤，失之何速？豈不以驕於驟勝，逸於居安，忘櫛沐之艱難⑥，徇色禽之荒樂⑦。外則伶人亂政，內則牝雞司晨⑧。靳吝貨財⑨，激六師之憤怨⑩；征搜輿賦⑪，竭萬姓之脂膏。大臣無罪以獲誅⑫，眾口吞聲而避禍。夫有一於此，未或不亡，矧咸有之⑬，不亡何待！靜而思之，足以為萬世之炯誡也⑭。

（薛居正《舊五代史・莊宗紀》）

【說文解字】

①河汾：指山西地區，這是後唐的根據地。

②汴洛：指今河南開封和洛陽，這是後梁的統治地區，代指後梁。

③少康之嗣夏配天：夏帝太康荒淫，有窮氏國君后羿代立，羿臣寒浞又殺后羿代立，太康的姪孫少康滅有窮氏，中興夏朝，復為帝。

④光武之膺圖受命：指東漢光武帝劉秀恢復漢朝統治，建立東漢。劉秀相信當時預言吉凶的圖書，故說他「膺圖受命」，這句話實際上是說劉秀受到上天的眷顧。膺，接受。

⑤孔：甚，非常。

⑥櫛（粵 zit3 普 zhì）沐：櫛是梳頭，沐是洗頭。櫛沐即櫛風沐雨，以風梳頭，以雨洗頭，形容奔波勞苦。

⑦狥：同「徇」，謀求。 色禽之荒樂：色指美色，禽指田獵，荒指荒廢、沉迷。《偽古文尚書・五子之歌》：「內作色荒，外作禽荒，甘酒嗜音，峻宇雕牆，有一於此，未或不亡。」

⑧牝雞司晨：指女主執政。李存勖的皇后劉氏干預朝政，《新五代史・唐太祖家人傳・莊宗皇后劉氏傳》中云：「莊宗自滅梁，志意驕怠，宦官、伶人亂政，後特用事於中。……皇太后及皇后交通藩鎮，太后稱『誥令』，皇后稱『教命』，兩宮使者旁午於道。」

⑨靳（粵 gan3 普 jìn）吝貨財：靳，吝惜。同光四年（926），宰相請出府庫寶物犒勞軍隊，皇后劉氏不肯，將梳妝盒以及幼小皇子交給莊宗，要他變賣勞軍，宰相惶恐而退。

⑩激六師之憤怨：魏州兵變，莊宗出兵討伐，賞賜士兵，士兵則說：「吾妻子已餓死，得此何為！」莊宗親征，士兵離散，返回洛陽途中，許諾給士兵賞賜，兵士竟然說：「陛下與之太晚，得者亦不感恩。」

⑪ 輿賦：土地稅，泛指賦稅。

⑫ 大臣無罪以獲誅：指誅殺大臣郭崇韜。郭崇韜是後唐的重臣，曾為莊宗滅梁立下頭功。郭崇韜一向痛恨宦官和伶人，他破蜀之後被宦官和伶人誣陷，皇后劉氏竟派宦官矯詔將其殺害。

⑬ 矧（粵 can^2 普 shěn）：何況，況且。

⑭ 炯：明顯、顯著。

【白話輕鬆讀】

後唐莊宗李存勗以雄才大略而起兵山西，以奮力的戰鬥討平後梁，為父親報了仇，又建立起後唐的帝業，即使是少康配合天命延續了夏朝的統治，光武帝劉秀接受天命延續漢朝的統治，也超不過莊宗的功業。然而得天下費了那麼大的力氣，失去它為甚麼那麼快呢？難道不是因為驕傲於迅速的勝利，放縱於安逸的生活，忘記櫛風沐雨的艱難，謀求聲色田獵的沉迷享樂，在外則樂官擾亂政事，在內則皇后干預朝政，吝惜錢物，激起軍隊的怨憤，搜刮賦稅，窮竭百姓的財產。大臣無罪被誅殺，眾人沉默不語躲避災禍。只要有上述一件事，就沒有不亡國的，更何況上述所有的事都有，不滅亡還等甚麼呢！靜下心來去想莊宗的成敗事跡，足以作為後世萬代顯著的鑒戒。

多思考一點

五代時期的一代梟雄李存勖，戰功顯赫，滅後梁，逐契丹，平西蜀，然而終如曇花一現，後人總不免為之扼腕歎息。李存勖之速敗，除了歷代共同的痼疾宦官與后族之外，還有寵信伶官一條。李存勖不僅愛好俳優，自己又知音善作曲，甚至親自參加俳優表演，有藝名號「李天下」。皇帝都以俳優自居，那麼伶人更加有恃無恐。於是，伶人擅權，以私利擾亂國政，李存勖最終也死於伶人之手。歐陽修在《新五代史》中特列《伶官》一傳，以凸顯當時特殊的歷史現象，並總結歷史規律，將興亡成敗的原因由不可知的天命轉移為可以察知的人事，最終着落在「禍患常積於忽微，而智勇多困於所溺」一句，借此警示後人，要約束自己的性格與欲望。而薛居正在《舊五代史》中總結莊宗的成敗，以羅列史實為主，相比於歐文，便覺不夠精審深刻。

從文章來看，歐陽修此文結構嚴謹，先總說天命人事引出論題，接着敘述晉王遺命，再敘莊宗之成功與失敗並呼應論題，最後總結經驗。全文語言精練，對比突出，層次清晰，論述精闢，難怪清人沈德潛評論說：此文「抑揚頓挫，得《史記》神髓，《五代史》中第一篇文字」。

醉翁亭記[1]

環滁皆山也。其西南諸峰，林壑尤美。望之蔚然而深秀者，琅琊也[2]。山行六七里，漸聞水聲潺潺，而瀉出於兩峰之間者，釀泉也。峰迴路轉，有亭翼然臨於泉上者，醉翁亭也。作亭者誰？山之僧智仙也。名之者誰？太守自謂也[3]。太守與客來飲於此，飲少輒醉，而年又最高，故自號曰醉翁也。醉翁之意不在酒，在乎山水之間也。山水之樂，得之心而寓之酒也。

若夫日出而林霏開[4]，雲歸而巖穴暝[5]，晦明變化者，山間之朝暮也。野芳發而幽香，佳木秀而繁陰[6]，風霜高潔，水落而石出者，山間之四時也。朝而往，暮而歸，四時之景不同，而樂亦無窮也。

至於負者歌於塗，行者休於樹，前者呼，後者應，傴僂提攜[7]，往來而不絕者，滁人遊也。臨溪而漁，溪深而魚肥；釀泉為酒，泉香而酒洌[8]。山肴野蔌[9]，雜然而前陳者，太守宴也。宴酣之樂，非絲非竹。射者中[10]，弈者勝，觥籌交錯[11]，起坐而喧嘩者，眾賓歡也。蒼顏白髮，頹乎其中者[12]，太守醉也。

已而夕陽在山，人影散亂，太守歸而賓客從也。樹林陰翳，鳴聲上下，遊人去而禽鳥樂也。然而禽鳥知山林之樂，而不知人之樂；人知從太守遊而樂，不知太守之樂其樂也。醉能同其樂，醒能述以文者，太守也。太守謂誰？廬陵歐陽修也。

【說文解字】

① 醉翁亭記：歐陽修由於參加慶曆新政受到政敵的誣陷，慶曆五年（1045）被貶官於滁州（今屬安徽），這篇文章就是歐陽修在滁州所作。

② 琅琊：山名，在今安徽滁州市西南十里。

③ 太守：太守是漢代郡的長官，宋代有知州無太守，這裏歐陽修用古代的官名代指自己的職位。

④ 霏：雲氣。

⑤ 暝：昏暗。

⑥ 秀：開花，此處指生長枝條。

⑦ 傴（粵 jyu^{2} 普 yǔ）僂（粵 leoi^{5} 普 lǚ）：駝背，彎背。指老人。 提攜：牽扶，帶領。指妻子兒女。

⑧ 洌：清。

⑨ 蔌（粵 cuk^{1} 普 sù）：蔬菜。

⑩ 射者中：指投壺投中。所謂投壺，就是前設一壺，距壺若干距離，投者將箭擲向壺中，擲入者勝。

⑪ 觥籌交錯：酒杯和酒籌錯雜，形容宴飲的喧鬧場面。觥是飲酒器，籌是計算飲酒數量的竹籤。

⑫ 頹：倒。

【白話輕鬆讀】

環繞着滁州城都是山。西南面的幾座山峰中，樹林和山谷尤其秀美，望過去草木蔚然茂盛而幽深秀麗的，是琅琊山。在山裏走六七里，漸漸聽到潺潺的水聲，那從兩座山峰之間傾瀉而出的，就是釀泉。山路隨着山峰轉彎，有一座亭子像鳥的翅膀一樣坐落於泉水之上，那就是醉翁亭。亭子是誰建造的呢？是山裏的僧人智仙。名字是誰起的呢？是太守自己起的。太守與賓客到此處飲酒，略飲幾杯就醉了，太守的年紀是最大的，所以自稱為醉翁。醉翁的心意不在於飲酒，在於山水之間的風景。山水的樂趣，出自內心而寄寓在酒中。

太陽出來，樹林中的雲氣散去；雲霧迴山，山巖洞穴變得昏暗模糊，這種明暗的變化，是山間的早晨與黃昏。野花盛開，香氣幽然；美木茂盛，樹蔭繁密；風從高處掠過，寒霜潔白；水流減弱，石頭顯露，這是山間的四季。清晨進山，傍晚出山，四季的景色不同，而樂趣也沒有窮盡。

至於那些背着東西的人在路上唱歌，旅行的人在樹下休息，前者呼喊，後者應和，老老少少來來往往不斷絕的，是滁州人在遊山玩水。在溪水邊釣魚，溪水深，魚兒肥；用釀泉作酒，泉水香，酒水清。山中的野味，交錯地擺在面前，這是太守的酒宴。酒宴酣暢淋漓的樂趣，不在琴笙鼓樂。投壺的人投中，下棋的人獲勝，酒杯和酒籌錯雜，站起來坐下去一片喧嘩，這是眾多賓客的歡樂。面容蒼老，白髮巍巍，倒在賓客之中，太守喝醉了。

過了一會兒，夕陽懸在山頭，人的影子分散凌亂，這是賓客跟隨着太守回去了。樹林幽深，鳥上下鳴叫，遊人散去禽鳥歡樂。然而禽鳥知道山林裏的歡樂，卻不知道人的歡樂；人們知道隨從太守遊玩的歡樂，卻不知道太守因為他們的歡樂而歡樂。喝醉了能與他們共同歡樂，酒醒了能用文章把這記錄下來的，是太守啊。太守是誰？廬陵歐陽修。

經典延伸讀

四十未為老①，醉翁偶題篇。醉中遺萬物，豈復記吾年。但愛亭下水，來從亂峰間。聲如自空落，瀉向兩簷前。流入巖下溪，幽泉助涓涓。響不亂人語，其清非管弦。豈不美絲竹，絲竹不勝繁。所以屢攜酒，遠步就潺湲。野鳥窺我醉，溪雲留我眠。山花徒能笑，不解與我言。惟有巖風來，吹我還醒然。

（歐陽修《題滁州醉翁亭》）

【説文解字】

① 四十未為老：歐陽修貶官滁州時三十九歲。

【白話輕鬆讀】

四十歲不算老，但我偶然以「醉翁」為文章的題目。喝醉了以後萬物都已忘懷，怎麼還能記住我自己的年紀。只愛亭子下的流水，從參差的山峰中流出。水聲如同從空中墜落，在亭子的飛簷前傾瀉開來。水流匯成巖石下的小溪，幽靜的泉水涓涓流淌。水聲雖響但是不會干擾人的交談，那清脆的聲音絕非管弦樂器奏出。怎麼會不喜歡琴笙演奏的音樂，只是那樂器太過繁雜。因此我經常提着酒，遠遠地走到這裏順着溪水散步。林中的鳥兒窺探我的醉態，溪水流雲挽留我在這裏小睡。山上的野花只是點頭微笑，卻不知道跟我聊天。只有山間的清風吹來，吹得我醉意消散。

多思考一點

歐陽修的《醉翁亭記》是膾炙人口的散文名篇。宋人朱弁在《曲洧舊聞》中說：「《醉翁亭記》初成，天下莫不傳誦，家至戶到，當時為之紙貴。」《滁陽郡志》中也說：「《記》成刻石，遠近爭傳，疲於模打，山僧云：寺庫有氈，打碑用盡，至取僧堂臥氈給用。凡商賈來供施，亦多求其本，所過關徵，以贈監官，可以免稅。」

《醉翁亭記》最明顯的藝術特徵在於同一個虛詞和同一種散文句型的反復運用，通篇共用「也」字二十一次，形成了迴環往復、鋪排對仗的文體形式。文章既有散文之清暢，又蘊駢賦之工麗，同時還具有詩歌的內在韻律。因此，《古文觀止》的編者評語說這二十一個「也」字：「逐層脫卸，逐步頓跌，句句是記山水，卻句句是記亭，句句是記太守。似散非散，似排非排，文家之創調也。」

除了在文體形式上的創新，歐陽修還在文章中寄寓了深沉的感慨。文章以「樂」為主題，有山水之樂與宴酣之樂、禽鳥之樂與人之樂、人之樂與太守之樂，三對歡樂，兩兩不能相通，唯一能貫通所有歡樂的就是「蒼顏白髮，頹乎其中」的歐陽修，然而所謂「得之心而寓之酒也」，則「歡樂」不過是心欲歡樂而借酒貫通而已，欲樂即避愁，同樂即異趣，歐陽修之孤獨正在歡樂之中，這或許是「醉翁之意」之所在吧。

蘇軾

蘇軾（1037—1101），字子瞻，號東坡居士，眉州眉山（今屬四川）人。宋仁宗嘉祐二年（1057）進士。蘇軾反對王安石變法，但又對司馬光盡廢新政不滿。蘇軾一生歷經宦海沉浮，最遠被貶到儋州（今海南儋縣）。蘇軾是北宋最重要的文學領袖，無論在詩歌、散文還是詞等方面均有極高建樹。蘇軾與他的父親蘇洵、弟弟蘇轍，號稱「三蘇」，是「唐宋古文八大家」的代表人物。

前赤壁賦①

壬戌之秋②，七月既望③，蘇子與客泛舟遊於赤壁之下。清風徐來，水波不興。舉酒屬客④，誦《明月》之詩，歌《窈窕》之章⑤。少焉，月出於東山之上，徘徊於斗牛之間⑥。白露橫江，水光接天。縱一葦之所如，凌萬頃之茫然。浩浩乎如馮虛御風⑦，而不知其所止；飄飄乎如遺世獨立，羽化而登仙。

於是飲酒樂甚，扣舷而歌之⑧。歌曰：「桂棹兮蘭槳，擊空明兮溯流光。渺渺兮予懷，望美人兮天一方。」客有吹洞簫者，依歌而和之。其聲嗚嗚然，如怨如慕，如泣如訴，餘音嫋嫋⑨，不絕如縷，舞幽壑之潛蛟，泣孤舟之嫠婦⑩。蘇子愀然⑪，正襟危坐而問客曰⑫：「何為其然也？」客曰：「『月明星稀，烏鵲南飛』，此非曹孟德之詩乎⑬？西望夏口⑭，東望武昌⑮，山川相繆⑯，鬱乎蒼蒼，此非孟德之困於周郎者乎⑰？方其破荊州，下江陵⑱，順流而東也，舳艫千里⑲，旌旗蔽空，釃酒臨江⑳，橫槊賦詩㉑，固一世之雄也，而今安在哉？況吾與子漁樵於江渚之上，侶魚蝦而友麋鹿，駕一葉之扁舟㉒，舉匏樽以相屬㉓。寄蜉蝣於天地㉔，渺滄海之一粟，哀吾生之須臾，羨長江之無窮。挾飛仙以遨遊，抱明月而長終。知不可乎驟得，托遺響於悲風。」

蘇子曰：「客亦知夫水與月乎？逝者如斯，而未嘗往也；盈虛者如彼，而卒莫消長也。蓋將自其變者而觀之，則天地曾不能以一瞬；自其不變者而觀之，則物與我皆無盡也，而又何羨乎？且夫天地之間，物各有主，苟非吾之所有，雖一毫而莫取。惟江上之清風，與山間之明月，耳得之而為聲，目遇之而成色，取之無禁，用之不竭，是造物者之無盡藏也㉕，而吾與子之所共適。」

客喜而笑，洗盞更酌。肴核既盡㉖，杯盤狼藉。相與枕藉乎舟中，不知東方之既白。

【說文解字】

① 前赤壁賦：宋神宗元豐二年（1079），蘇軾因被誣陷用詩文「訕謗朝政」而入獄，被釋放後，貶為黃州（今湖北黃岡市）團練副使，元豐三年至貶所，過了四年才被調離。蘇軾在黃州期間，寫了兩篇《赤壁賦》，這是其中的第一篇。此赤壁為湖北黃州市西北的赤壁磯，蘇軾誤認為即三國赤壁之戰的赤壁。三國之赤壁據說在今湖北武昌縣西赤磯山，又說在湖北蒲圻市西北。

② 壬戌：宋神宗元豐五年（1082）。

③ 七月既望：七月十六日。

④ 屬（粵 zuk^1 普 zhǔ）：斟酒勸飲。

⑤ 誦《明月》之詩，歌《窈窕》之章：可能是指《詩經・陳風・月出》詩的第一章「月出皎兮，佼人僚兮，舒窈糾兮，勞心悄兮」。此詩歌唱月光下婀娜多姿的美人，抒發相思之情。「窈糾（粵 gau^2 普 jiǎo）」與「窈窕」音近。

⑥ 斗牛之間：指二十八星宿的斗宿和牛宿。

⑦ 馮（粵pang^4 普píng）虛：憑空，凌空。
⑧ 舷：船邊。
⑨ 嫋嫋（粵niu^5 普niǎo）：聲音婉轉悠長。
⑩ 嫠（粵lei^4 普lí）婦：寡婦。
⑪ 愀（粵ciu^2 普qiǎo）然：憂傷的樣子。
⑫ 正襟危坐：整理好衣服，端正地坐着。
⑬ 此非曹孟德之詩乎：曹操《短歌行》：「月明星稀，烏鵲南飛。」
⑭ 夏口：今湖北武漢黃鵠山。
⑮ 武昌：今湖北鄂城。
⑯ 繆：交錯，纏繞。
⑰ 周郎：周瑜。
⑱ 荊州：東漢末期治所在今湖北襄樊市漢水南岸襄陽城，轄境約相當於今天湖北湖南二省及周邊地區。江陵：今湖北荊沙市荊州區。
⑲ 舳（粵zuk^6 普zhú）艫（粵lou^4 普lú）：舳為船尾，艫為船頭，舳艫指船。
⑳ 釃（粵si^1 普shī）酒：濾去酒糟。
㉑ 槊（粵sok^3 普shuò）：似長矛的一種兵器。
㉒ 扁（粵pin^1 普piān）舟：小船。
㉓ 匏（粵paau^4 普páo）樽：用葫蘆作成的酒杯，泛指酒杯。
㉔ 蜉蝣：蟲名，朝生夕死，生存期極短。
㉕ 藏（粵zong^6 普zàng）：儲藏財物的倉庫，泛指儲存東西的地方。
㉖ 肴核：菜餚與有核的果品。

【白話輕鬆讀】

壬戌年秋季，七月十六日，蘇軾與客人乘船在赤壁下遊覽。清風徐徐吹來，水面平滑如鏡。舉起酒杯，向客人敬酒，朗誦《明月》之詩，歌唱《窈窕》

之章。過了一會兒，月亮從東山上升起，徘徊在斗宿與牛宿之間。白茫茫的霧氣籠罩江水，水光與遠天相接。任由一葉小船漂蕩在萬頃渺茫的水面。浩瀚無涯如同駕風騰空，而不知道到哪裏去，飄飄然如同離開世間獨自站立，生出翅膀飛升成仙。

於是飲酒歡暢至極，敲着船邊唱歌道：「桂木的槳啊木蘭的槳，擊碎月影啊划向月光；遙遠啊我的思念，眺望美人啊在天的另一方。」客人中有吹洞簫的，依照歌聲與我相和。簫聲嗚嗚，如幽怨似懷戀；餘音悠揚纏綿，如同細絲線一樣延長不斷絕。幽深山谷中潛伏的蛟龍為之起舞，孤舟上的寡婦因之哭泣。蘇軾臉色凝重，整理衣服，端正坐好，詢問客人說：「為甚麼會這樣？」客人說：「『月光明亮，星星稀少，烏鵲向南飛翔』，這不是曹操的詩麼？向西可以望見夏口，向東可以望見武昌，山川交錯，林木茂盛，這不是曹操受困於周瑜的地方麼？當曹操擊破荊州，攻下江陵，沿着長江向東，戰船相連千里，旌旗遮蔽天空，面臨長江濾清美酒，橫陳長槊吟誦詩篇，確實是一世的英雄，而如今又在哪裏呢！況且我與你在江中小洲上打漁砍柴，與魚蝦為伴，與麋鹿為友，駕一片葉子一樣的小船，舉起酒杯相互敬酒。我們像蜉蝣一樣寄生在天地之間，如同大海中一顆渺小的米粒。生命的短暫令人哀傷，長江的無窮使人羨慕。多想與飛仙一起遨遊，抱着明月而永遠存在。我知道這些是不能立刻實現的，因此用簫聲演奏出如此悲傷的曲調。

蘇軾說：「你知道那水與月嗎？流水遠逝，然而江水本身並未曾離去；月有圓缺，然而月亮本身從沒有消失或增長。如果從他們的變化去觀察，那麼天地的存在竟連一眨眼的工夫都不到；如果從他們的不變去觀察，那麼外物與我都是沒有終結的，你又有甚麼好羨慕的呢？況且天地之間，萬物各有其歸宿，如果不是我應當有的，即使是一根毫毛也不要去獲取。惟獨江上的清風與山間的明月，耳朵聽到可以成為聲音，眼睛遇到可以成為形象，求取它們沒有任何限制，享用它們沒有窮盡。這是造物者無盡的倉儲，也是我與你所共同愛好的東西。」

客人欣喜而笑，洗淨酒杯繼續飲酒。菜餚果品吃光了，酒杯盤子亂七八糟。大家枕靠在舟中睡去，不知道東方已經顯出白色的天光。

經典延伸讀

是歲十月之望①，步自雪堂②，將歸於臨皋③。二客從予，過黃泥之阪④。霜露既降，木葉盡脫，人影在地，仰見明月，顧而樂之，行歌相答。已而歎曰：「有客無酒，有酒無肴。月白風清，如此良夜何！」客曰：「今者薄暮，舉網得魚，巨口細鱗，狀如松江之鱸⑤。顧安所得酒乎⑥？」歸而謀諸婦。婦曰：「我有斗酒，藏之久矣，以待子不時之需。」

於是攜酒與魚，復游於赤壁之下。江流有聲，斷岸千尺，山高月小，水落石出。曾日月之幾何，而江山不可復識矣！予乃攝衣而上⑦，履巉巖⑧，披蒙茸⑨，踞虎豹⑩，登虬龍⑪，攀棲鶻之危巢⑫，俯馮夷之幽宮⑬。蓋二客不能從焉。劃然長嘯⑭，草木震動，山鳴谷應，風起水湧。予亦悄然而悲⑮，肅然而恐，凜乎其不可留也⑯。反而登舟，放乎中流，聽其所止而休焉。時夜將半，四顧寂寥。適有孤鶴，橫江東來，翅如車輪，玄裳縞衣⑰，戛然長鳴⑱，掠予舟而西也。

須臾客去，予亦就睡。夢一道士，羽衣翩躚⑲，過臨皋之下，揖予而言曰：「赤壁之遊樂乎？」問其姓名，俯而不答。嗚呼噫嘻！我知之矣！「疇昔之夜，飛鳴而過我者，非子也耶？」道士顧笑，予亦驚寤⑳。開戶視之，不見其處。

（蘇軾《後赤壁賦》）

【說文解字】

① 是歲十月之望：壬戌年十月十五日。

② 雪堂：蘇軾在黃州所營建的住處，位於東坡，蘇軾從此自號東坡居士。

③ 臨皋：臨皋亭，蘇軾在黃州的寓所。

④ 黃泥之阪：位於東坡雪堂與臨皋亭之間。

⑤ 松江：即今江蘇太湖尾閭吳淞江。

⑥ 顧：然而，但是。

⑦ 攝衣：提起衣襟。

⑧ 巉（粵 caam^4 普 chán）巖：高險貌，這裏指險峻的山。

⑨ 披蒙茸：分開葱蘢叢生的草木。

⑩ 踞虎豹：倚靠在像虎豹一樣的怪石上。

⑪ 登虬龍：登上像虬龍一樣盤曲的樹枝。

⑫ 鶻（粵 wat^6 普 hú）：鷹一類的鳥。

⑬ 馮夷：傳說河伯名馮夷，此處泛指水神。

⑭ 劃然：象聲詞。

⑮ 悄（粵 ciu^2 普 qiǎo）然：憂愁貌。

⑯ 凜乎：恐懼的樣子。

⑰ 玄裳縞衣：白色的上衣，黑色的下衣。

⑱ 戛然：象聲詞。

⑲ 翩躚（粵 sin^1 普 xiān）：飄逸飛舞貌。

⑳ 寤（粵 ng^6 普 wù）：睡醒。

【白話輕鬆讀】

壬戌年十月十五日，我從雪堂走出來，將回臨皋亭去。有兩位客人與我一起，我們經過黃泥阪。此時霜露已經落下來，樹葉都掉光了，人的影子投在地上，抬頭看到明亮的月亮，看着它心中愉快，我們一邊走，一邊唱着歌相互應答。過了一會兒，我歎息道：「有客人相伴而沒有酒，即使有酒也沒有下酒的菜肴，月白風清，如何對得起這樣美好的夜晚呢？」客人說：「今天傍晚，我用網撈到一條魚，大大的嘴巴細細的鱗片，樣子如同松江的鱸魚。但是哪裏能得到酒呢？」回家後，這位客人與妻子商討辦法。他的妻子說：「我有一斗酒，已經儲藏了很長時間了，就是為你突然的需要所準備的。」

於是我們拿着酒與魚，再次來到赤壁之下遊賞。江水奔流發出清晰的聲響，峭立的江岸高有千尺，山勢高聳，顯得月亮很小，水勢回落，露出水中的石頭。這才過了多長時間，而這裏的山水風景竟然差點認不出來了！我於是提起衣襟爬上岸邊，踩着險峻的山崖，分開葱蘢叢生的草木，倚靠着像虎豹一樣的怪石，登上像虬龍一樣盤曲的樹枝，我爬到飛鷹棲息的高高的巢穴，向下俯瞰水神幽深的宮殿。而兩位客人則不能跟我一起上來。我劃的一聲發出長嘯，山上的草木震動，山谷回聲回應，大風吹起，波濤洶湧。我也感到莫名的悲淒，冰冷的恐懼，毛骨悚然而不敢再逗留下去。我回到岸邊登上小船，划向江中，隨其任意漂流停止。等到半夜的時候，四處一片寂寥。這時正有一隻仙鶴，橫穿大江從東飛來，翅膀如同車輪翻轉，白色的上衣，黑色的下裳，戛然鳴叫一聲，掠過我的小船又向西而去。

過了一會兒客人離去，我也就寢。夢見一位道士，披着羽毛裝飾的衣服飄逸飛舞，經過臨皋亭下，向我作揖，並說：「在赤壁的遊覽，高興麼？」我詢問他的姓名，他低頭不語。哎呀啊呀！我知道了！「昨晚鳴叫着飛過我的，不就是你嗎？」道士回頭微笑，我也驚醒。打開房門，道士已經不見蹤影。

多思考一點

戰國有莊子，魏晉有陶潛，唐代有李白，宋代有蘇軾。此四子之不可企及，只在一片心胸，照徹萬物。讀蘇軾《前赤壁賦》，更覺如此。莊子的「藏天下於天下」，陶潛的「采菊東籬下」，李白的「清風明月不用一錢買，玉山自倒非人推」，全都包舉於赤壁一賦之中，江上清風，山間明月，取之無禁，用之不竭，杯盤狼藉，相與枕藉，有心如此，何患世間無風月，又豈懼人間行路難呢？

蘇軾的兩篇《赤壁賦》，寫景精絕，寄慨遙深。前篇超逸，後篇奇譎。人之感物，物亦移人。山水之於奇情異致，有功亦大矣。然而解者畢竟難尋，此赤壁非彼赤壁，卻因蘇軾兩《赤壁賦》，文武同著，機緣巧合，着實幸運。

方山子傳

方山子①，光、黃間隱人也②。少時慕朱家、郭解為人③，閭里之俠皆宗之。稍壯，折節讀書④，欲以此馳騁當世，然終不遇。晚乃遁於光、黃間，曰岐亭⑤。庵居蔬食，不與世相聞。棄車馬，毀冠服，徒步往來山中，人莫識也。見其所著帽，方聳而高，曰：「此豈古方山冠之遺像乎⑥！」因謂之方山子。

余謫居於黃，過岐亭，適見焉。曰：「嗚呼！此吾故人陳慥季常也，何為而在此？」方山子亦矍然問余所以至此者。余告之故。俯而不答，仰而笑，呼余宿其家。環堵蕭然，而妻子奴婢皆有自得之意。余既聳然異之⑦。獨念方山子少時，使酒好劍，用財如糞土。前十九年，余在岐山⑧，見方山子從兩騎，挾二矢，遊西山，鵲起於前，使騎逐而射之，不獲。方山子怒馬獨出，一發得之。因與余馬上論用兵及古今成敗，自謂一時豪士。今幾時耳，精悍之色，猶見於眉間，而豈山中之人哉？

然方山子世有勳閥⑨，當得官，使從事於其間，今已顯聞。而其家在洛陽，園宅壯麗，與公侯等。河北有田，歲得帛千匹，亦足以富樂。皆棄不取，獨來窮山中，此豈無得而然哉？

余聞光、黃間多異人，往往佯狂垢污，不可得而見，方山子儻見之歟？

【說文解字】

① 方山子：陳慥（粵 cou^3 普 zào），字季常，陳希亮之幼子。陳希亮，字公弼，官至太常少卿，與蘇軾同鄉，是蘇軾的父親蘇洵的長輩。蘇軾曾寫過《陳公弼傳》記載陳希亮的生平。

② 光：光州，今河南潢川縣。　黃：黃州，今湖北黃岡市。

③ 朱家、郭解：西漢時的游俠，事跡見《史記·游俠列傳》。

④ 折節：強制改變平素的志向。

⑤ 岐亭：今湖北麻城市西南。

⑥ 方山冠：漢代祭祀宗廟時樂舞人所戴的帽子。

⑦ 聳然：詫異貌。

⑧ 岐山：今陝西岐山縣。蘇軾在嘉祐六年（1061），曾任鳳翔府判官。

⑨ 勳閥：功勳，功績。

【白話輕鬆讀】

方山子，光州、黃州之間的一位隱士。年輕時羨慕朱家、郭解的為人，鄉里的俠客都宗奉他。年紀稍壯，強制改變自己一貫的志向而讀書，希望能借此在當世縱橫建功，但是始終沒有獲得機遇。晚年隱居於光州、黃州之間的岐亭。住草屋，吃蔬菜，與世隔絕。他放棄車馬，毀掉士人的帽子衣服，走路往來於山中，人們都不認識他。看他所戴的帽子，長方形，前端高聳，就說：「這難道是古代方山冠遺留下來的樣子麼！」因此，都叫他作「方山子」。

我被貶官居住在黃州，經過岐亭，恰巧遇見了他。我說：「啊呀！這是我的老朋友陳慥陳季常啊，你為甚麼會在這裏？」方山子也吃驚地問我到這裏來的緣故。我告訴他我至此的原因，他卻低頭不回答我的問題，他抬起頭來笑笑，招呼我到他家去住一晚。他的家裏四壁空蕩蕩的，然而妻子與奴婢卻都有知足自得的神色，我很是詫異。只記得方山子年輕時，愛喝酒，好舞劍，用起錢來如同糞土。十九年前，我在岐山，看到方山子與另外兩個人騎着馬，帶着兩隻箭，到西山去遊玩，有鵲鳥飛過眼前，方山子讓那兩個人追趕射獵，卻沒射着。方山子一個人躍馬而出，一箭將鳥射落。因此，我與他在馬上討論用兵與古今成敗之事，他自稱是當時的豪傑。如今已經多少年過去了，其精明勇武的神色，還能從眉宇之間顯現，他怎麼會是山中的隱者呢？

方山子家世代都有功勳，應當有官職，假使方山子作官行政，如今已經聞名於世。他的家在洛陽，花園住宅雄偉輝煌，與公侯相當。他在河北有田地，每年能收到千匹絲帛的租稅，是足夠過富裕安樂的生活的。但是方山子拋棄了這一切，只來到這窮僻的山中，難道是沒有原因就這樣麼？

我聽說光州、黃州之間多奇人，他們往往假裝瘋癲又髒又臭，很難遇見，方山子或者見過他們了吧？

經典延伸讀

仕宦常畏人，退居還喜客。君來輒館我①，未覺雞黍窄②。東坡有奇事，已種十畝麥。但得君眼青③，不辭奴飯白④。

（蘇軾《陳季常見過》三首之一）

送君四十里，只使一帆風。江邊千樹柳，落我酒杯中。此行非遠別，此樂固無窮。但願長如此，來往一生同。

（蘇軾《陳季常見過》三首之二）

【說文解字】

① 館我：住在我家。

② 雞黍：指招待客人的飯菜。語出《論語‧微子》：「止子路宿，殺雞為黍而食之。」　窄：不豐盛，簡陋。

③ 但得君眼青：只要得到你的喜愛。據說阮籍能為青白眼，見凡俗之人，以白眼對之，見俊逸之士，則以青眼加之。典出《世說新語》劉孝標注引《晉百官名》。

④ 不辭奴飯白：不怕給隨從白飯。杜甫《入秦行贈西山檢察使竇侍御》云：「為君酤酒滿

眼黏，與奴白飯馬青芻。」這兩句詩化用杜甫詩意，意謂我願意將自釀的酒斟滿你的酒杯，給你的隨從最好的飯食，以期能得到你的青睞留下來做客。

【白話輕鬆讀】

做官的時候經常怕與人交往，不做官了就很喜歡有客人來訪。你只要來看我就住在我家，從來不覺得我的招待簡陋。我住的東坡有件新鮮事，就是已經種上了十畝麥子。只要能得到你的喜愛，我不怕把最好的飯食提供給你的隨從。

送你一送四十里，只不過掛了一張帆就到了。江邊數千棵柳樹，倒影都落在我的酒杯之中。這次並非長時間的分別，路上的歡樂實在無窮。但願能永遠如此，我們來往相會一生不變。

多思考一點

陳季常的名字屢見於蘇軾、黃庭堅、秦觀等人的詩文集中，顯然，蘇陳二人相交甚歡，過從甚密，其情誼延及蘇門弟子。而蘇軾為他所寫的《方山子傳》以及為他父親所寫的《陳希亮傳》，均被《宋史》採納，陳氏父子得以留名青史。若無當年岐亭一會，陳慥之異行終將磨滅山中，如同那些光、黃間的異人一樣。人生際遇往往如此，怎不令人感慨萬千？

讀古人文章，每見奇人奇事、奇遇奇情，然而均不見於今日。不知到底是今天缺少奇人呢，還是缺少蘇軾那樣的奇筆呢？又或者是今人見多識廣，見怪不怪，無所用心呢？「古人今人若流水，共看明月皆如此」，今天恐怕不是這樣了吧。

另，蘇軾還有一首詩叫《寄吳德仁兼簡陳季常》，詩中說：「龍丘居士亦可憐，談空說有夜不眠。忽聞河東獅子吼，拄杖落手心茫然。」洪邁在《容齋隨筆》中說龍丘居士就是陳季常，河東獅子吼是說陳季常的妻子柳氏妒心極強，發一聲吼，致使陳季常先生心神俱喪。異人配奇妻，倒也有趣。此事不知是否屬實，但是「河東獅吼」的成語算是流傳下來了。可惜《方山子傳》中只有「妻子奴婢皆有自得之意」一句，陳妻是否如此，竟不可得知了。

袁宏道

袁宏道（1568—1610），字中郎，號石公、六休，公安（今屬湖北）人。明萬曆二十年（1592）進士，作過吳縣（今屬江蘇蘇州）縣令、國子監助教、吏部考功員外郎、吏部郎中等職。袁宏道是明代著名的文學家，他在文學創作上提倡「性靈說」，主張「獨抒性靈，不拘格套」，反對當時流行的復古模擬之風。袁宏道與他的哥哥袁宗道、弟弟袁中道合稱「公安三袁」，開創了明代文學中的「公安派」。

徐文長傳

徐渭，字文長，為山陰諸生①，聲名籍甚②。薛公蕙校越時③，奇其才，有國士之目。然數奇④，屢試輒蹶⑤。中丞胡公宗憲聞之⑥，客諸幕。文長每見，則葛衣烏巾，縱談天下事，胡公大喜。是時公督數邊兵，威鎮東南，介冑之士⑦，膝語蛇行，不敢舉頭，而文長以部下一諸生傲之，議者方之劉真長、杜少陵云⑧。會得白鹿，屬文長作表，表上，永陵喜⑨。公以是益奇之，一切疏計，皆出其手。文長自負才略，好奇計，談兵多中，視一世士無可當意者。然竟不偶。

文長既已不得志於有司，遂乃放浪曲蘗⑩，恣情山水，走齊、魯、燕、趙之地，窮覽朔漠。其所見山奔海立、沙起雲行、雨鳴樹偃、幽谷大都、人物魚鳥，一切可驚可愕之狀，一一皆達之於詩。其胸中又有勃然不可磨滅之氣，英雄失路、托足無門之悲，故其為詩，如嗔如笑，如水鳴峽，如種出土，如寡婦之夜哭、羈人之寒起。雖其體格時有卑者，然匠心獨出，有王者氣，非彼巾幗而事人者所敢望也⑪。文有卓識，氣沉而法嚴，不以模擬損才，不以議論傷格，韓、曾之流亞也⑫。文長既雅不與時調合，當時所謂騷壇主盟者，文長皆叱而奴之，故其名不出於越，悲夫！

喜作書，筆意奔放如其詩，蒼勁中姿媚躍出，歐陽公所謂「妖韶女，老自有餘態」

者也⑬。間以其餘，旁溢為花鳥，皆超逸有致。

卒以疑殺其繼室，下獄論死。張太史元汴力解⑭，乃得出。晚年憤益深，佯狂益甚，顯者至門，或拒不納。時攜錢至酒肆，呼下隸與飲。或自持斧擊破其頭，血流被面，頭骨皆折，揉之有聲。或以利錐錐其兩耳，深入寸餘，竟不得死。周望言晚歲詩文益奇⑮，無刻本，集藏於家。余同年有官越者，託以鈔錄，今未至。余所見者，《徐文長集》、《闕編》二種而已。然文長竟以不得志於時，抱憤而卒。

石公曰⑯：先生數奇不已，遂為狂疾。狂疾不已，遂為囹圄⑰。古今文人牢騷困苦，未有若先生者也。雖然，胡公間世豪傑⑱，永陵英主，幕中禮數異等，是胡公知有先生矣；表上，人主悅，是人主知有先生矣，獨身未貴耳。先生詩文崛起，一掃近代蕪穢之習，百世而下，自有定論，胡為不遇哉？

梅客生嘗寄余書曰⑲：「文長吾老友，病奇於人，人奇於詩。」余謂文長無之而不奇者也。無之而不奇，斯無之而不奇也⑳。悲夫！

【說文解字】

① 山陰：今浙江紹興。 諸生：明清時期，凡是通過科舉考試最初一級「院試」的稱為「生員」，即「諸生」，俗稱「秀才」。

② 籍甚：盛大。

③ 薛公蕙：薛蕙，字君采，正德九年（1514）進士，曾任刑部主事，吏部考功郎中等

職。　校（粵gaau^{3} 普jiào）：考核，考察。

④ 數奇（粵gei^{1} 普jī）：命運不好，遇事不利。

⑤ 蹶（粵kyut^{3} 普jué）：跌倒，引申為挫敗。

⑥ 中丞：漢代御史大夫下設兩丞之一。明清時稱巡撫為中丞。　胡公宗憲：胡宗憲，字汝貞，嘉靖十七年進士，曾任浙江巡撫，負責東南沿海抗倭事宜。

⑦ 介胄之士：披甲戴盔之人，指武士。

⑧ 劉真長：劉惔，字真長，晉時名士，性簡貴，善言理，自視極高。　杜少陵：杜甫，字子美，自稱少陵野老。唐代著名詩人。杜甫曾自稱「讀書破萬卷，下筆如有神」。

⑨ 永陵：明世宗葬於永陵，用來指代明世宗。

⑩ 曲櫱（粵jit^{6} 普niè）：釀酒用的酒酒麯，泛指酒。

⑪ 巾幗：古代婦女的頭巾和髮飾，泛指婦女。

⑫ 韓、曾：指韓愈、曾鞏，唐宋古文八大家中的代表人物。

⑬ 歐陽公所謂「妖韶女，老自有餘態」：此句見歐陽修《六一詩話》。

⑭ 張太史元汴：張元汴，字子藎，紹興人，隆慶五年（1571）進士第一，官至左諭德。

⑮ 周望：陶望齡，字周望，紹興人，萬曆十七年（1589）會試第一殿試一甲第三，授編修，歷官國子祭酒，曾作《徐文長傳》。

⑯ 石公：袁宏道的號。

⑰ 囹（粵ling^{4} 普líng）圄（粵jyu^{5} 普yǔ）：監牢。

⑱ 間（粵gaan^{3} 普jiàn）世：隔代，指時代相隔很久。

⑲ 梅客生：梅國楨，字客生（又作「克生」），湖北麻城人。萬曆十一年（1583）進士，曾任右僉都御史、大同巡撫、兵部右侍郎等。

⑳ 無之而不奇，斯無之而不奇也：上「奇」字讀qí，不同尋常。下「奇」字讀jī，命運不好，艱辛坎坷。

【白話輕鬆讀】

徐渭，字文長，為山陰秀才，聲名盛大。薛蕙到浙江來考核官員時，驚訝於他的才華，用「國士」來稱呼他。但是他命運多舛，多次應試都遭到挫敗。中丞胡宗憲聽說他的名字，聘他為幕僚。徐文長每次見胡宗憲，都穿着葛布長衣，戴着黑色的頭巾，暢談天下大事，胡宗憲欣喜非常。當時，胡宗憲掌管多地兵馬，威鎮東南，即使是武將，見胡公時也恭謹得像蛇一樣走路，跪着說話，不敢抬頭直視。徐文長僅僅是胡公部下的一名秀才，卻很高傲地對待胡公，人們都把他比作晉朝的劉惔、唐朝的杜甫。當時胡宗憲捕獲了一頭白鹿，囑託徐文長作賀表，文章進上，世宗皇帝很高興。胡公因此更加推重他，一切文書都由徐文長來寫。徐文長自負才華謀略，喜好不尋常的計謀，談論用兵之事多能切中要害，看世上所有人都不能與自己相當，但是最終也沒有遇到施展才能的機會。

徐文長既然不得志於仕途，於是就狂飲酒，縱情山水，遊覽齊、魯、燕、趙之地，盡觀塞外荒涼廣袤的風光。他見到山峰險峻駭浪滔天，狂沙漲起雲彩飄飛，大雨瓢潑樹木傾側，又見到幽深的山谷、雄偉的都市、各種人物與動物，所有這些令人驚訝愕然的事物，他都一一寫進詩中。他的胸中又有不可磨滅的鬱憤之氣，有英雄無用武之地的悲慟，因此徐文長寫的詩，如嗔怒如笑傲，如水鳴叫着奔流過峽谷，如種子破土而出，如寡婦在夜晚哭泣，如遠行的人在冒寒啟程。雖然他詩歌的格調有時顯得不高，但是其中含有工巧獨特的想法，有王者的氣象，不是那些如女性一樣柔弱而奉承伺候別人的人所能望其項背的。徐文長的文章有卓越的見識，氣勢沉雄，法度嚴謹，不因模擬而損傷文章的才情，也不因議論而損傷文章的格調，是類似韓愈、曾鞏這樣的作者。徐文長既然一直不與流俗的喜好相合，所以對於當時所謂文壇盟主，徐文長都斥罵、蔑視他們，因此徐文長的名字沒有超出浙江地區，悲哀啊！

徐文長喜歡寫字，其字筆意奔放和他的詩一樣，蒼老勁健之中有嫵媚的姿態跳躍而出，這就是歐陽修所謂「妖嬈美麗的女子，年老後自然還有曾經的樣子」。寫字以外，他還把才華用在畫花鳥畫上，他的畫也都超逸有風格。

最後，徐文長因為疑心而殺掉他續娶的妻子，被關入監獄處以死刑。張元汴盡力解救，他才得以被赦出獄。徐文長晚年憤慨越發的深，假裝瘋癲也越發的厲害，顯貴之人到門口，有時竟拒絕人進門。徐文長經常帶着錢到酒館，招呼那些下人苦力一塊兒喝酒。他有時自己拿斧子砍破自己的頭，血流滿面，頭骨都折斷了，用手去揉能聽到聲音。有時他用鋒利的錐子刺進自己的耳朵，刺進去一寸多深，竟然沒死。

陶望齡說徐文長晚年的詩文更加地雄奇高妙，但是沒有刻本行世，文集都藏在自己家中。我同年科舉得中的朋友有在浙江做官的，我託他抄錄徐文長的文集，如今還沒有抄回來給我。我所見到的，只有《徐文長集》、《徐文長集闕編》兩種罷了。徐文長終於因為不得志於當時，懷抱憤恨去世了。

石公說：徐文長命運坎坷沒有轉機，於是得了瘋狂的病。狂病沒有轉機，於是入獄。古今的文人埋怨自己艱難困苦，但是沒有像徐文長這樣的遭遇。雖然如此，胡宗憲畢竟是隔很久才會出現的一位豪傑，世宗皇帝是英明的君主，胡公幕府中對待徐文長的禮數不同於常人，這表明胡宗憲是知道徐文長的才能的；徐文長所作賀表進上，皇帝喜悅，這表明皇帝也是知道徐文長的才能的，只是他沒有能夠獲得富貴罷了。徐文長的詩文特出獨立，徹底掃除了近代煩瑣污穢的文風，百年以後，自然會有定論，誰說是懷才不遇呢？

梅國楨曾經寄給我一封信說：「徐文長是我的老朋友，他的病比他的人要奇異，他的人比他的詩要奇異。」我以為徐文長沒有甚麼是不奇異的。沒有甚麼是不奇異的，就沒有甚麼是不坎坷的。悲哀啊！

經典延伸讀

耳竅垢多無若我，烘烘作響如聞火，有云病聰者，聞鬥蟻響如鬥牛，若果如此聞更愁。誰寫一老著一童，令渠取垢於耳中，年來世事不須聽，取垢今聽不若聾。

（徐渭《題畫》）

竹雨松濤響道房，瓜黃李碧酒筵香，人間何物熱不喘，此地蒼蠅凍欲僵。一水飛光帶城郭，千峰流翠上衣裳，窗前古木搖枝入，好掛輕絺細雪涼①。

（徐渭《新秋避暑豁然堂》）

【說文解字】

① 絺（粵ci^{1} 普chī）：細葛布。

【白話輕鬆讀】

耳孔中的耳垢沒有多過我的，耳朵中烘烘作響如同聽見着火，有人說害耳病的人，聽螞蟻打鬥的聲音都如同鬥牛一樣響，如果真的是這樣，能聽到聲音反而更讓人發愁。是誰畫了一個老人和一個童子，老人讓童子幫他掏耳朵，這些年來世上的事實在不需去聽，耳垢掏淨後聽得更加清楚，還不如聾着好。

風吹竹聲如雨、松聲如濤，響徹房屋。屋中有黃瓜碧李，酒宴飄香。人間哪有甚麼東西不被熱得喘粗氣，唯有這裏的蒼蠅凍得簡直要僵硬了。眺望山下，一條溪水如同一道閃耀的光芒映帶着城郭，無數山峰上的綠色都流到了衣服上。風吹窗前的古樹，樹枝搖入窗户，正好懸掛一幅細雪一樣的葛布，令人清涼。

多思考一點

妖人李贄，畸人徐渭，袁宏道皆推崇備至，可謂慧眼獨具。

袁宏道所讚賞於二者的，是天真率性，不裝模作樣。看李贄的「芍藥庭開兩朵，經僧閣裏評論。木魚暫且停手，風送花香有情」（《雲中僧舍芍藥》），真是親切。再看徐渭的「人間何物熱不喘，此地蒼蠅凍欲僵。一水飛光帶城郭，千峰流翠上衣裳」（《新秋避暑豁然堂》），着實新鮮。袁宏道獨倡「性靈」，無疑受到二人的很大影響。

徐渭的「青藤書屋」，僻處紹興一隅，窗下有水池，池中有石柱，推窗即見牆，壁上有青苔，古樹濃蔭，修竹數竿，魚鳥悠閒，蚊子奇多，有心人憑弔一番，便覺古人的詩情畫意絕難復現於今日樓房之內，容膝實在難買，南窗滿是樓盤。紹興師爺的手筆傳至魯迅、周作人，可還有推陳出新的希望嗎？